星屑のシンデレラ

シャンテル・ショー 作

茅野久枝 訳

ダム
ハン　ルシャワ
ブ　ンバイ

TRAPPED BY VIALLI'S VOWS

by Chantelle Shaw

Published by Harlequin Japan,
a Division of K.K. HarperCollins Japan, 2025

シャンテル・ショー

ロンドン育ちの英国人作家。少女の頃から頭の中でお話を作るのが大好きで、10 代の頃にはミルズ & ブーン社のロマンスを読んでいた。20 歳で結婚、第 1 子の誕生とともにケント州の海辺に移り、現在も在住。浜辺を歩きながら小説のキャラクターを考えるという。趣味はガーデニングや散歩で、チョコレートには目がない。6 人の子供の母親でもある。

主要登場人物

マーニー・アリス・クラーク……カクテル・バーのウエイトレス。
ジェイク……マーニーの兄。
ルーク……マーニーの兄。故人。
スーザン……マーニーのおば。
ブライアン……マーニーのおじ。
レアンドロ・ヴィアッリ……実業家。
シルヴェストロ・ヴィアッリ……レアンドロの父。
ニコル……レアンドロの前妻。
ヘンリー……ニコルの息子。
ステファニー・スドワイヌ……レアンドロの異父妹。
ベティ……レアンドロの屋敷の家政婦。

1

「じゃあ、きみがレアンドロの〝やましい秘密〟ってわけか」

マーニーは驚いて、今にもレアンドロが入ってくるのではないかと思って見ていたドアから、隣のスツールに座った男性へと視線を移した。

「なんですって？」

彼はにやりとして手を差し出した。「すまない、冗談だよ。ぼくはファーガス・リアリー、〈ヴィアッリ・エンターテインメント〉の主任会計士だ。会社の誰もが、なぜレアンドロが恋人を隠しているのか不思議に思っている。彼が個人秘書に、パーティの件できみに電話をするように指示するのを聞いて、初めてきみの存在が明るみに出たんだからな」

マーニーは暗い気持ちになったが、無理して愛想よくほほ笑んだ。少なくともファーガスは話しかけてくれたわけで、ほかの社員はそれさえしない。マーニーは不安を抱えたまま、パーティが開かれる予定の店にひとりでやってきた。社員たちから好奇のまなざしを注がれ、ひどく居心地が悪かった。

マーニー同様、誰もがレアンドロを待って

いるようだった。すでに十五分も遅刻していて、マーニーは彼に何度か電話をしてみたが、ずっと話し中だった。珍しいことではないわ、とマーニーは沈んだ気分で考えた。レアンドロが出張でニューヨークに行っていたこの二週間、彼とは数回しか話していなかった。

「パパラッチに追いかけられるのがいやだから、わたしたち、にぎやかなレストランやバーにはあまり行かないの」マーニーはファーガスに言った。

実を言うと、マーニー自身も不思議に思っていた。先週レアンドロが行った華やかなプレミア試写会のような公の場に、なぜわたしを同伴しないのか、と。

〝プレミア試写会に行くのは絶好のビジネスチャンスだし、情報交換もできるからだ〝

どうして誘ってくれなかったのかと尋ねたとき、レアンドロはそう答えた。

マーニーはがっかりした顔をしたに違いない。レアンドロはなだめるような口調で言葉を継いだ。

〝知らない人ばかりで、きみが退屈するのは目に見えている。ニューヨークから戻ったら、食事に行こう。週末にどこかへ出かけてもいい。プラハはどうだ？　一度行ってみたいと言っていただろう？〝

レアンドロはそれで話を打ち切り、マーニーをベッドに連れていった。彼が眠ってしまってから、マーニーはまたもはぐらかされたと思った。しかしながら、レアンドロとの関係は奇妙なものかもしれないが、マーニーは彼との同居生活に満足していた。それは彼も同じように思えた。

今回、新たなプロジェクトの成功を祝う社員向けのパーティにレアンドロが招いてくれたのは、彼との関係についてわたしがもらした小さな不満を彼が聞き届けたから？　レアンドロはぎりぎりになってわたしを呼ぶことにし、場所や時間の連絡を個人秘書に命じたに違いない。

初めてレアンドロと一緒に出席するパーティにふさわしい服装をと思い、マーニーはボンド・ストリートで新しいワンピースを買った。だが、その買い物を楽しんだわけではなかった。大きなデパートにはいやな思い出がある。十八歳のときに万引きの疑いをかけられたことがあり、今でも試着する段になるとそれを思い出して緊張した。

慌てて自分の服に着替えたりせず、もっとじっくり鏡を見ていたら、そのワンピースがちょっときついのに気づいたかもしれないと、マーニーはカウンターの向こうの鏡を見ながら考えた。黒いベルベットのワンピースは、最近何キロか太った体の曲線をくっきりと見せている。真珠のネックレスが、大きく開いたネックラインをごまかしてくれているといいのだけれど。

店内を見まわすと、レアンドロの会社の女性社員は、全員がマーニーよりも痩せていて、しかも洗練されている。マーニーの自信が揺らいだ。

勤め先のカクテル・バーで初めてレアンドロと出会ったとき、同僚のウエイトレスから彼にまつわる噂（うわさ）を聞いた。彼はプレイボーイで、美しいモデルや有名人と好んでデートをするという。自分はほどほどに魅力的なだけだと自覚していただけに、どんな女性でも手に入れられるレアンドロになぜ恋人として選ばれたのか、マーニーはまったく理解できなかった。


店の出入口付近がざわついたので、マーニーはそちらのほうを見やった。ドアが開いてレアンドロが入ってくると、胸が大きくときめいた。

レアンドロの整った外見には、一時間足らず前に長いフライトを終えたことを示す痕跡はいっさいなかった。ニューヨークから自家用機で移動し、そのあとは運転手付きのベントレーで店に直行したのだろう。なのに、彼はファッション誌から抜け出したモデルのようだった。

上着の下にがっしりした肩がうかがえ、細いズボンは腿の筋肉と脚の長さを強調している。レアンドロはアメリカ風の英語を話すが、よく日焼けした金色の肌や豊かな赤褐色の髪に、地中海沿岸の生まれであることがうかがえた。

レアンドロ・ヴィアッツリは、ビジネスにおけるその華々しい成功が一流紙に頻繁に取り上げられる一方で、タブロイド紙には〝イタリアのプレイボーイ〟と盛んに書き立てられていた。ウェスト・エンドに劇場を何軒か持ち、ロンドンの歴史的に価値のある施設の再建事業を手がけている。しかも、〈ヴィアッツリ・エンターテインメント〉は、ニューヨークの巨大不動産開発会社、ヴィアッツリ・ホールディングスの一部にすぎない。

レアンドロが何を考えているのか、彫りの深い顔からはいっさいわからなかった。しかし唇は冷笑的な曲線を描いていて、自分の能力に自信を持ち、愚かな者を軽蔑する人物であることがわかる。カリスマ性を遺憾なく発散しているその姿を見て、マーニーは思わず興奮を覚えた。

彼の出張中、マーニーはとても寂しい思いをしたので、彼に駆け寄って抱きつきたかった。だがレアンドロが人前で感情を表すのを嫌うとわかっていたので、その衝動をなんとか抑えた。ふたりきりのときでさえ、彼は常に感情を制御していて、それがゆるむのはベッドの中だけだった。

マーニーはスツールから降り、長い金髪を

なでながら口元に笑みを浮かべた。しかしレアンドロが彼女を見て驚いたような顔を見せたばかりか、一瞬いらだった表情を浮かべたので、たちまち彼女の笑みは揺らいだ。最近マーニーを悩ませていた不安が頭をもたげ、胃のあたりが重くなる。

五日前はふたりが恋人になってちょうど一年の記念日だったが、レアンドロがニューヨークから電話をくれることはなかった。その翌日に電話があったときも、マーニーはあえて何も言わなかったが、ひそかに期待していた。彼はロンドンに戻ったらお祝いをしようと思っているのではないかと。けれど今、マーニーのほうへ歩いてくる彼には、お祝いをするような雰囲気はまったくなかった。

おそらく長旅で疲れているのだろう。レアンドロは驚くほど精力があり、一晩に数回も愛を交わすことがあるが、今はそのことは考えまい。子どものころに父親に捨てられたせいで、マーニーには心配性の傾向があった。あれこれ気をまわしすぎてレアンドロとの関係を台なしにしてはいけないと、マーニーは自分に言い聞かせた。

レアンドロが目の前に立ったとき、マーニーは心臓が跳ねた気がした。なじみとなったアフターシェーブローションの刺激的な香りをかぐと、胸の奥がとろけそうになった。ヒールが十センチもある靴を履いているのに、レアンドロの冷たい顔を見るには、のけぞらなければならなかった。

「ここにきみがいるとは思わなかったな」

「でも、あなたが呼んでくれたんでしょう？　昨日、パーティのことを知らせるように言われたって、あなたの個人秘書から電話があったのよ」マーニーは震える声で言った。

レアンドロは眉をひそめた。「店の手違いで、来週に予定していた社員のパーティが一週間早まった。ジュリーには、そのことをきみに連絡するよう命じただけだ。ニューヨークで重要な会議があり、自分では電話できなかったが、今夜帰りが遅くなることを知らせておきたかったんだ」

「そうだったの」

マーニーは赤面した。レアンドロの言葉で、ふたりの関係に潜んでいた問題点が浮き彫りにされた。これまでマーニーは、さんざん言い訳を考えてきた。彼は多忙な会社幹部だから、わたしが望むほど多くの時間を一緒には過ごせない。ふたりの記念日を彼が忘れたって、別にかまわない。しかしマーニーは今、自分に嘘をついていたことをはっきりと意識した。

穴があったら入りたい気分だった。ところが、レアンドロの険しい顔に少しでも優しさがないか探ろうとしているうちに、思いがけず怒りがこみ上げた。普段のマーニーは事を荒立てるのを好まないが、今は圧倒されるほどの怒りを感じた。一年もつき合ってきたのだから、レアンドロの社交生活に自分も加わりたいと思ってもいいのでは？

「パーティに呼ばれたのではないとわかっていたら、もちろん来なかったわ」レアンドロの部下たちの視線を意識しながら、マーニーは低い声で言った。

それでも、ファーガスの先ほどの言葉を思い出すと、怒りを抑えられなかった。

〝レアンドロのやましい秘密〟

ここにいる人たちは、わたしをそんなふうに見ているの？　レアンドロ自身も？

「わたしのことが恥ずかしいの？」マーニーは尋ねた。

「ばかを言うな」レアンドロは、不機嫌な顔をして答えた。

「あなたは人の集まるところにわたしを同伴したがらないでしょう。ほかにどう考えたらいいの？」マーニーは声を高くした。レアンドロが眉をひそめるのを見て、怒りがさらにつのる。同時に、自分がレアンドロと口論しようとしていることに我ながら驚いていた。だが、彼のほうは口をきつく結び、何も答えようとしなかった。

父に向かって非難の言葉を投げつけていた母の姿を思い出し、マーニーはぞっとした。わたしったら、母と同じ理性のない女になってしまったの？　周囲のみんなに見られている。レアンドロの彫りの深い顔にはなんの感情も表れていなかったが、全身をこわばらせている様子から、マーニーの振る舞いに驚いているのがわかった。灰色の目は怒りに冷たくきらめいている。

レアンドロと一緒にパーティに参加することへの興奮はすっかり冷め、惨めな思いだけが残された。マーニーは喉がつまったような小さな叫びを発してレアンドロの脇をすり抜けようとしたが、彼に腕をつかまれてはっと身を硬くした。

「どこへ行くんだ？」

「あなたが望んでいないとわかった以上、ここにいるわけにはいかない。わたしがどこへ行こうと、あなたに関係ないでしょう？」マーニーは声が震えるのを抑えることができなかった。

それでもレアンドロの手を振り払い、ハイヒールでできる限りの速さで店を出た。彼が追いかけてくるのを半ば願っていたが、その願いがかなうことはなく、マーニーの心は沈んだ。

レアンドロはマーニーの後ろ姿を無言で見送った。魅力的なヒップが揺れるのを見て、下腹部がこわばる。マーニーが自分に背を向けて去っていったのが信じられず、いらだつと同時に困惑を覚えた。

マーニーは別れた妻のニコルとは違い、すぐに癇癪を起こすタイプではない。穏やかで、レアンドロの言うことにたいてい同意する。結婚生活が波乱に満ちていただけに、レアンドロは今の平穏な暮らしが気に入っていたが、マーニーの激しい一面に好奇心を刺激されたのも事実だった。彼女の傷ついた顔を思い出し、レアンドロは自分が無神経だったと悟った。とはいえ、彼は不意をつかれるのが嫌いで、店に入って彼女を見たとたん、気分を害してしまったのだ。

個人秘書のフィオーナが産休に入ってしまったために、臨時に雇ったジュリーにはしっかり注意しなくてはならない。もっとも、臨時社員にすぎない彼女をあまり責めるわけにはいかないが。ぼくが仕事と私生活を厳格に分けていることを、ジュリーにもっとよく理解させておくべきだった。間違いなく、愛人は後者に属する。

レアンドロはマーニーと出会ったとき、望んでいるのは自由な男女の関係だけだと明言した。マーニーがバージンなのではないかという疑念は、初めてベッドをともにしたときに彼女が見せた激しい情熱にまぎれてしまった。そして、レアンドロはマーニーに夢中になった。けれど、彼がマーニーに求めるのは体の関係だけであり、彼女に与えられるのも

〝次回は、赤ん坊が生まれたらすぐに親子鑑定の検査をして、おまえの子どもかどうかを確認しろ。この前みたいなことが起きないようにな〟

シルヴェストロはぶっきらぼうな口調でそう言った。

だが〝次回〟はない。ニコルの欺瞞（ぎまん）はレアンドロの心に深い傷を残し、彼は二度と女性に縛られる人生を送るつもりはなかった。両親の仲が不安定で、レアンドロが七歳のときに離婚したという苦い記憶もまた、結婚生活は愚か者のすることだという彼の考えを助長した。長期にわたる女性との関係に興味はなかった。マーニーを一年間も愛人にしているそれだけだった。

彼は一度、結婚したことがあるが、苦労した末に心はぼろぼろになり、結婚生活は最終的には醜悪な茶番劇と化した。レアンドロとしては、いくら父親にせっつかれようと、そんな人生最大の過ちを繰り返すつもりはなかった。

ニューヨークで、父親のシルヴェストロ・ヴィアッツリと食事をした際、しきりと再婚を勧められた。シルヴェストロが心配しているのは、ヴィアッツリ・ホールディングスの跡取り問題だった。シルヴェストロにとって大切なのはビジネスだけだという事実を、レアンドロは人生の早い段階で知った。

という事実は、レアンドロにとっては実に意外だった。

いったいなぜ、マーニーとの関係がこれほど長く続き、彼女がぼくの人生に深く入りこんでくることになったんだ？　一年近く前、たいして考えもせずに彼女に同居を提案したときは、こんなはずではなかった。マーニーには住む場所が必要で、レアンドロは何週間かすれば彼女に飽きるから、その時点でほかに部屋を探してやればいいと思っていた。

ところが、マーニーを愛人にしてから、ほかの女性に魅力を感じたことがないのに気づき、レアンドロは当惑した。

ウエイターがレアンドロにシャンパンとカナッペを勧めた。酒の刺激が欲しくて、レアンドロはトレイからグラスを取り、ぐいっとあおった。ニューヨークでは、いつも以上に過酷なスケジュールだったが、彼は黙々と働いた。

レアンドロは〈ヴィアッリ・エンターテインメント〉に誇りを持っていた。父親の支援を得ずに築いたビジネスに。仕事が彼の生活の中心だった。ここ数年、ほかの部分では味わえなかった〝支配しているという感覚〟を、仕事の場では味わえた。

結婚生活が破綻したあと、レアンドロは、自分が子どものころ両親が別れた際に感じた悲しみを、ヘンリーには与えまいと決意して、いい父親であろうと努めた。だがヘンリーはレアンドロの子どもではないという証拠を手にして、胸に大きな空洞ができたような気分に陥った。あんな苦しみをまた味わうのはまっぴらだった。

父のシルヴェストロは、誰かと感情的なつながりを持つのを避けて生きてきた。それは、シルヴェストロを見習おうと思う、唯一の事柄だった。母はその反対で、何十回も恋に落ち、そのたびに傷ついた。なのにたったひとり、彼女を心から愛する人物――自身の息子に、愛を与えることはなかった。

レアンドロは無理やり現在に気持ちを引き戻し、マーニーの予想外の行動について考えた。社員の前で騒ぎを起こされては困ると思い、あえてマーニーを引き留めなかったが、いったいどうしたというのだろう？　マーニーは穏やかな性格で、最近まで、ぼくの人生において目立たない存在であることにも満足しているように見えたのに。

二日前、ニューヨークから電話したとき、マーニーはいつもの明るい感じではなく、ちょっと様子がおかしかった。そのことを思い出し、レアンドロは眉をひそめた。何かあったのかときいてみようかとも思ったが、マーニーとは体の関係があるだけで、個人的な事情は知らなくてもいいと考え直し、何も言わずにすませた。

彼女が不安定な一面を見せてくれたのは、むしろいいことかもしれない。正直な話、レアンドロは、マーニーとの関係が一年も続いているのに驚いていた。彼女が感情的なつながりを求めるようになったのだとしたら、ベッドをともにする相手を変えることを考えてもいい頃合いだ。

社員の視線を意識して、レアンドロは、マーニーのことは忘れてパーティを楽しもうと思った。しかし、立ち去るときに彼女の目に涙が光っていたのを思い出したとたん、良心がとがめた。

マーニーはタクシーで、ぼくの家に帰ったはずだ。ほかに行くところはないのだから。彼女の母親はレアンドロと知り合う数カ月前に亡くなり、ほかの親戚はノーフォーク州にいると言っていた。

レアンドロはシャンパンを飲み干し、小声で悪態をついた。経験上、女性は厄介事以外の何物でもないとわかっていたはずだ。マーニーもまた例外ではないと知って、なぜこれほど驚いているんだ？　マーニーに対してはなんの責務もない。だが、彼女は取り乱し、その原因の一部はぼくにある。

レアンドロは最高経営責任者（CEO）代理に歩み寄って少し話したあと、運転手に電話してパーティ会場に迎えに来るよう命じた。

マーニーは冷房の効いた店内から、蒸し暑い戸外へ出た。もう何週間も酷暑が続き、ロンドンは例年にない暑さだった。夜の八時になっても太陽はぎらついていて、マーニーはワンピースが汗で体に張りつくのを不快に感じながら、肩を落としてバス停へと歩いた。

あんなふうにパーティ会場を出てくるなんて、信じられない。わたしが怒るのを見て、レアンドロは驚いていた。怒鳴り散らして出てきたのだから、彼が追いかけてこないのも無理はない。

また涙がこみ上げた。わたしったら、いったいどうしちゃったの？　めったに泣いたりしないのに。

兄のルークがオートバイの事故で亡くなったときでさえ、マーニーは悲しみを隠した。おそらくはそのせいで、五年たった今でも強烈な喪失感に苛(さいな)まれているのだろう。

鬱病を患っていた母親を見ていたため、マーニーは深い感情を持つのを恐れるようになった。ルークを悼んで泣いたら、泣きやむことができなくなるのではないかと心配でたまらなかった。

それに、双子の片割れを失って打ちひしがれているもうひとりの兄、ジェイクのためにも、しっかりしていなければならなかった。

そして父親が家を出ていった十一歳のときからずっとそうしてきたように、精いっぱい母の面倒を見た。

バス停に着くと、マーニーは深いため息をついた。レアンドロの家で暮らしたこの一年間は、家族が崩壊する前の子ども時代以来、いちばん幸せな日々だった。だがその子ども時代でさえ、両親の結婚生活には問題があった。両親は頻繁に喧嘩をして、父は束縛しすぎると言って母を責めた。その記憶のせいで、マーニーは、レアンドロを自由にさせたほうがいいと考えていた。

実際、そうしようとマーニーは努力してきた。そしてある日、彼女はレアンドロのことを、初対面のときと同じ程度にしか知らないことに気づいた。彼がマーニーを友人や家族に紹介することはなく、彼から聞いた個人的な情報は、父親はニューヨークに住んでいることと、母親は有名なミュージカル・スターだったが十年前に亡くなったということだけだった。

どうして急にレアンドロが個人的な事柄を教えてくれないことが気になりだしたのか、マーニーは自分でもよくわからなかった。最近、なぜか精神的に不安定で、レアンドロの横柄な態度に傷ついてしまう。けれど、彼女はすぐさま自分に言い聞かせた。レアンドロは実業界の大物として多忙な日々を送っていて、わたしのことを最優先するわけにはいかないのだ、と。

マーニーはレアンドロがニューヨークから帰るのを心待ちにしていた。彼に伝えたい、驚くようなニュースがあったからだ。自分が天文物理学で最優等学位を取得したばかりか、試験の得点が国内最高だっただなんて、いまだに信じられなかった。

レアンドロもきっと驚くだろう……。

マーニーは唇を噛(か)んだ。この一年、カクテル・バーでウエイトレスとして働くのは週に一日だけで、ほかの日はロンドン大学で天文学と宇宙科学と天文物理学を勉強していたことを、もっと早く彼に話すべきだった。

頭の中で母の声が響いた。〝どうして天文学なんか勉強したいと思うの？ 星を見てなんの役に立つわけ？ 夢みたいなことを言っていないで、ちゃんとした仕事を考えなくてはだめよ〟

通っていた学校の教師たちも、天文学者になるというマーニーの夢に関しては母と同じように冷淡だった。マーニーは、科学の授業に熱心な彼女のことを変わり者だとからかう級友たちを無視して、一生懸命に勉強した。それでも、トップクラスの大学に入学が決まったときでさえ、マーニーは自分の能力に自信を持てなかった。

そんなわけで、最終試験に合格するまでは、天文学者になる夢をレアンドロには話さないことにしたのだ。

そして今、マーニーはその夢に向かって一歩近づいた。アメリカのカリフォルニア州にあるNASA研究アカデミーで、実習訓練プログラムを受けるよう招待されたのだ。

招待に応じれば、わたしは一時的にアメリカに住むことになる。わたしがアメリカで勉強する九カ月間、離れて暮らしながらつき合うことを、レアンドロが許してくれるといいのだけれど……。

バスが来ないかと、マーニーは通りの先を見やった。そのとき、窓をスモークガラスにした黒いセダンが歩道に寄り、後部のドアが開いた。マーニーは驚いた。暗い車内にレアンドロの顔が見えたのだ。灰色の目が冷たく輝いている。

「乗れよ、マーニー」

レアンドロが来てくれた。マーニーはその場に座りこみそうなほど安堵した。だが、胸の中にある反抗心が強く訴えていた。彼のいいようにされてはいけない、あなたはもっと自立するべきよ、いつまでも彼の〝やましい秘密〟でいてはだめ、と。

マーニーがためらっていると、レアンドロが低い声で言った。

「ぼくは一度しか言わないぞ、マーニー」

顔を出すだけで、すぐにきみのところへ帰るつもりだったからだ」

レアンドロはいらだちを隠そうともせずに言った。その言葉の一部は事実だ。彼は気まずい雰囲気をやわらげたかった。気づいたときには、マーニーの胸元に視線を引きつけられていた。彼女の胸は、広く開いているネックラインから今にもこぼれ落ちそうだ。ピンクの肌はなめらかで、蜂蜜色の髪が背中の中ほどまで垂れている。服を脱がせてふっくらとした胸に触れることを考えただけで、強烈な興奮がレアンドロの全身を貫いた。

「そうだったの？」

マーニーは納得していないようだ。レアンドロを見ないようにして、後部座席に乗りこみ、彼の隣に座ってドアを閉めた。レアンドロが運転手に車を出すように指示し、車内の前後を仕切るガラスを上げると、ふたりのあいだに緊迫した空気が流れた。マーニーは、自分からは口をきくまいと決意し、膝の上で指を絡め合わせた。

「さっきはどうしたんだ？　きみをパーティに呼ばなかったのは、パーティにはちょっとドロは彼女を革張りのシートに押し倒し、唇を重ねたい衝動を、なんとか抑えこんだ。

「一緒にパーティに出てもよかったんじゃないかしら」マーニーはつぶやいた。彼女はレアンドロの態度に本気で傷ついていて、今度ばかりは、あっさり片づけてほしくなかった。

「仕事仲間とは長時間一緒にいる。仕事を離れたら、きみとふたりだけで過ごしたいと思うのは当然だ」

「あら」彼にそう言われると、パーティに招かれなかったのがもっともなことのように思えた。わたしの反応が過剰だったのかもしれない。

レアンドロがマーニーの手を握った。日に焼けた彼の指が自分の白い指を包んでいるのを見て、マーニーは、彼と手足を絡ませ合うところを想像した。黒い肌と白い肌、がっしりした体と柔らかな体。

レアンドロの脚が腿に押しつけられているのを、マーニーは強烈に意識した。レアンドロが手を伸ばし、彼女の長い髪のひと房を指に絡め取る。顔をそっと彼のほうへ向かせられ、マーニーは息がつまる思いがした。険しかった彼の目の表情が変わり、官能的に輝いているのを見て、今にも全身がとろけそうだった。

マーニーの体から力が抜けるのを感じ、レアンドロは勝利を確信した。欲望に駆られるまま、マーニーの顎を上げ、容赦なく彼女の柔らかな唇をむさぼる。少し懲らしめて、ふたりの関係において主導権を握っているのはどちらか、彼女に思い知らせたかった。

マーニーの熱い反応が、レアンドロの欲望をさらにあおった。何度も抱き合ってきたせいで、マーニーはもはや、つき合い始めたころの未経験で恥ずかしがりやの娘ではなかった。マーニーが自ら舌をレアンドロの口の中に差し入れてきたとき、彼の心臓は激しく打ち、全身が興奮にわなないた。

レアンドロは顔を上げて、マーニーの頬が赤く染まっているのを見て満足感を覚えた。その赤みは、喉から胸元へと広がっている。離れていたあいだにレアンドロが想像していたとおりの愛人の姿だ。興奮に身を火照らせ、茶色い目は期待に満ちている。

レアンドロの言葉を聞いて、彼がふたりの関係を大切に思っていないのではないかというマーニーの懸念はやわらいだ。マーニーは彼の股間に手を伸ばし、彼がうめき声をあげると笑みをもらした。「出張中、わたしと会えなくて寂しかった？」

「もちろんさ。二週間もきみを抱けなくて、欲求不満だ」

「そういうことをきいているんじゃないの」

マーニーは不満だったが、レアンドロに抱き寄せられ、再び唇を奪われると、すぐさまキスに夢中になった。もはやレアンドロに抱かれること以外、何も考えられない。

レアンドロはそんなマーニーの背中を革張りの座席に押しつけてのしかかった。「ああ、ずっとこうしたかった」彼はくぐもった声で言った。

彼のキスにマーニーは我を忘れた。幾晩も彼と会えずに過ごしてきたせいで、体が敏感になっていた。レアンドロの手がワンピースの下に滑りこみ、レースのブラジャー越しに胸をなでるや、マーニーは低くうめいた。胸の先をくすぐられて喜悦の波が全身に広がり、シートから落ちそうになる。

すると、レアンドロはかすれた笑い声をたてた。「これが欲しかった。興奮してぼくを求めている、きみの美しい体が。家に帰って服を脱がせるのが待ちきれないよ」

彼は人差し指で、マーニーのワンピースのネックラインをなぞった。

「新しいワンピースだね。パーティのために買ったのか？　店に入ってすごくセクシーなきみを見て、びっくりしたよ」

レアンドロが来るのを店で待っていたときとても不安だったのを、マーニーは思い出した。レアンドロに誇りに思われれば、わたしも自分が彼にふさわしい女性だと思えるだろう――そう思って精いっぱいめかしこんだのだ。

レアンドロが口を離すなり、マーニーは小声で尋ねた。

「レアンドロ、あなたはわたしがウエイトレスよりもいい仕事をしているほうがいいと思う？」

「ウエイトレスは、何も悪い仕事じゃないだろう」レアンドロはマーニーの耳たぶを甘噛(あまが)みしながら、うわの空で答えた。そのあいだにも彼の唇はマーニーの胸元目指して、首筋を下りていった。

「あなたの会社にいるような、ばりばり仕事をする女性のほうがいいとは思わない？」マーニーはなおも尋ねた。

「いわゆるキャリアウーマンとつき合ったこともあるが、必死にスケジュールを合わせてたまたま同じ大陸にいるときにデートをするようなありさまだった。正直言って、悪夢だったよ。きみが家で待っているとわかっているのはすごくうれしい」

恋人が仕事を持つのを喜ばないようなレアンドロの言葉に、マーニーはがっかりした。しかし同時に、心の一部では、〝きみが家で待っているとわかっているのはすごくうれしい〟と言われたことを喜んでいた。レアンドロはワンピースの襟ぐりから手を入れ、ブラジャーを下ろし、胸をつかんだ。それから左右それぞれの先端を舌でくすぐった。感じやすい先端を刺激されて、マーニーは全身を興奮に震わせた。

目もくらむほどの欲望に圧倒され、マーニーは、NASAで天文学を学ぶチャンスを与えられたことを打ち明けるのはあとまわしにした。二週間も離れていたせいで、彼を求める気持ちが猛烈に高まっていた。

レアンドロはマーニーを膝にのせ、ワンピースの裾から手を差し入れて、ストッキングの上の素肌に指を走らせた。期待に震えながらマーニーは脚を開き、触れてほしくてたまらない場所に彼の手を導いた。

「きみも欲しいんだね」レアンドロは満足げに言いながら腿の付け根に触れ、そこが熱く潤っているのを確かめた。

マーニーの頭の中では、レアンドロに対する自分の弱さをからかう言葉が響いていた。飢えているように思われるのはいやだったけれど、実際にひどく飢えていた。レアンドロと出会う前は、マーニーは空っぽで独りぼっちだった。

レアンドロは彼女の中に指を入れ、より早く、リズミカルに動かした。マーニーの気持ちはいよいよ高まり、レアンドロにされていること以外、何も考えられなくなった。

「レアンドロ……」興奮の波にのみこまれそうになり、マーニーは彼の肩にひしとしがみついた。

「それでいい。おいで」レアンドロは低い声で言った。

快感に圧倒されてマーニーは彼の首筋に顔をうずめ、刺激的なアフターシェーブローションの香りを吸いこんだ。そのとたん、胸がいっぱいになった。離れているあいだ、彼が恋しくてたまらなかった。レアンドロの興奮ぶりから、彼もまた同じくらいマーニーを恋しく思っていたことがわかった。

何分かして、車はイートン・スクエアに入り、マーニーは運転手がドアを開ける前に、慌ててワンピースの乱れを直した。脚に力が入らなくなっているのを察したのか、レアンドロはマーニーの腰に手をまわし、彼女を抱えるようにして階段をのぼった。

玄関を入るなり、レアンドロはドアを閉めてマーニーを抱きしめ、両手で彼女の全身をまさぐった。柔らかなヒップを両手で包みこんでから、背筋に沿って手を上へと滑らせ、ワンピースのファスナーを下ろす。黒いベルベットが滑り落ち、薄いレースのブラジャーがあらわになった。

レアンドロが低いうなり声をあげるのを聞き、マーニーは期待に震えた。今すぐ、彼が欲しかった。

そんなマーニーの激しい気持ちを察したに違いない。レアンドロは彼女を抱き上げて、すぐそばの大理石のテーブルに座らせ、ワンピースの裾をめくった。

「寝室に行くまで待てない」レアンドロはかすれ声で言った。

彼の目に猛々しい興奮を見て取り、マーニーはどきっとした。しかしそのとき、彼女が大嫌いな、けれど聞き慣れた音が鳴り響いて、雰囲気をぶち壊した。

「電話が鳴っているわ」マーニーは小声で言った。

「切ってしまおう」

だが、携帯電話を上着のポケットから出して画面を見るや、レアンドロは身をこわばらせた。

「マーニー、すまない。この電話には出なければならない」

「嘘でしょう……」マーニーは今にも泣きそうだった。書斎に入っていく彼を見ながら、ひどい喪失感に打ちのめされた。レアンドロはドアを閉め、彼の人生からマーニーを締め出した。いつものことよ、と彼女は心の中で苦々しくつぶやいた。

レアンドロは大企業のトップで、とんでもない時間に仕事の電話を受けなければならないときもある。しかたがないとマーニーは自分に言い聞かせた。

耳をそばだてると、レアンドロはフランス語で話しているようだった。彼がフランス語に堪能だとは知らなかったので、マーニーは驚いた。レアンドロに関する彼女の知識は、いたって乏しかった。

マーニーはテーブルから下り、再び乱れたワンピースを直した。彼につかまれた胸が痛み、気分も悪い。ここ何日か、同じような時間に吐き気を催していた。暑さのせいだろうか。もっと水分を取ったほうがいいのかもしれない。

書斎からはまだレアンドロの声が聞こえてくる。マーニーは居間に入った。この家はどの部屋も、ジョージ王朝風の外見とは裏腹に、内装は現代的だった。壁や家具は淡い色合いで、いくつかの、間違いなく高価なコンテンポラリー・アートの作品が鮮やかな色彩を添えている。

奇妙なほど生活感のない部屋だった。レアンドロはインテリア・デザイナーに内装を任せたと言っていた。だから、どこをとってもまったく彼の個性が感じられないのだろう。ここへ引っ越してきたとき、雰囲気をやわらげたいと思って窓辺にシダの鉢植えを置いてみたが、マーニー自身と同じくらい場違いに見えた。

マーニーは窓辺に立ち、陰り始めた庭を見た。このベルグレービア地区は、マーニーが育った公営住宅団地とはまったく様相が異なる。父が家を出て、それまで家族で住んでいた家を売ったあと、マーニーは母親とふたりの兄たちと一緒にロンドン南部の貧しい地区に移り住んだ。そこではギャングによる犯罪や麻薬の取り引きが横行していた。マーニーがいい職業に就きたいと思った理由のひとつは、そこにはびこっている絶望感から逃げ出したいからだった。

マーニーはレアンドロと初めて会ったとき、彼とは住む世界が違うと自分に強く言い聞かせた。彼はマーニーが働いているカクテル・バーの常連客だった。彼にちょっかいを出されても取り合わなかったが、ある晩、とうとう食事に誘われた。

デートでレストランに行くのは初めてだった。そのためマーニーはひどく緊張したが、レアンドロの圧倒的な魅力と気遣いのおかげで、すぐにくつろげた。食事が終わるころには彼にすっかり夢中になってしまい、一夜をともにするのに、口説かれる必要はなかった。

マーニーはバージンだった。そのことをレアンドロが気づいていたかどうかはわからない。それまで、マーニーには恋人を作る余裕などなかった。勉強と仕事と母親の世話に忙殺されていた。ルークが死に、ジェイクが失踪してから、母の鬱状態は悪化した。母の死後、肩の荷が下りていくらか解放感を味わっていたマーニーは、レアンドロに誘われるまま、同居の提案を受け入れ、彼との情熱的な関係にのめりこんでいった。

マーニーはため息をついた。最初のころは、レアンドロが長時間働いていることや、ふたりで過ごす時間はベッドの中だけという状態が、まったく気にならなかった。彼と抱き合うのは楽しかった。それは今でも変わらない。けれど、状況は同じでも、マーニー自身が変わった。レアンドロに恋をし、自分に対する彼の気持ちが気にかかるようになった。

彼がニューヨークへ行くまでは、彼も性的な関係以上の何かを感じているのではないかと思っていた。しかしパーティ会場で見せた態度や、マーニーを放り出して電話に出た様子などから、また彼との関係に対する疑念が噴出していた。

再びマーニーが書斎の前を通ったとき、ドアは開いていて、彼はもうそこにいなかった。マーニーは慌てて階段をのぼった。胸を高鳴らせて、レアンドロと共用の寝室へ向かう。電話が終わったのであれば、抱き合うのを邪魔するものはなくなったことになる。

ベッドの中でなら、うまく意思疎通ができた。体がひとつになっていれば、互いを求める情熱の前に、言葉はいらなかった。だがマーニーにとっては、彼に抱かれたときの親密さが何より大事だった。優しく抱きしめられると、彼に好かれていると実感できた。

マーニーが寝室に入ったそのとき、レアンドロがバスルームから出てきた。腰にタオルを巻いただけの姿で、髪から滴がしたたり落ちている。抱き合う前にシャワーを浴びるのは彼の習慣だった。マーニーは口の中が乾くのを意識しながら、レアンドロの胸から平らな腹部、タオルを巻いた腰へと、視線を動かした。

ところが、マーニーが激しい鼓動を抑えようとしながら見つめている前で、レアンドロは引き出しを開けてシルクのボクサーショーツを出し、バスルームに戻ってしまった。再び現れた彼は、下着をつけていた。

彼がジーンズに足を通し始めたのを見て、マーニーの落胆は困惑へと変わった。ベッドの上のスーツケースに気づいて、彼女は凍りついた。「どこかへ行くの？」

レアンドロはシャツのボタンを留め、ちらりとマーニーを見た。「パリだ」

「今から？　どうして？」マーニーは自分が見ている光景が信じられなかった。レアンドロはスーツケースに衣類を投げ入れていく。ふたりの関係に不安を抱いていただけに、マーニーの口調はおのずと鋭くなった。「ニューヨークに行く前の週末も、パリに行ったじゃない」

実のところ、レアンドロは一カ月に一度、定期的にパリに行き、週末を過ごしていた。なんのためなのか、彼から説明があったためしはない。束縛するようなまねはするまいと、マーニーもあえてきかなかった。

そこでふと、マーニーはあることを思い出した。「いとこの結婚式で、ノーフォーク州に行くのは覚えている？」

「ああ。だが一緒に行けそうにないな」

マーニーは落胆を隠せなかった。「行くって言ったじゃない。ジェマに、連れをひとり同伴するって言ってあるのよ」

「その日、予定を空けておくように努力するとは言ったが、約束はしていない」レアンドロはそっけなく応じ、髪をかき上げながら続けた。「今すぐパリに行くのは、親しい友人が怪我(けが)をして、付き添ってやらなければならないからだ」

マーニーは彼を見つめた。彼の口元が引きつっている。感情を見せるのは彼らしくない。マーニーはすぐさま、彼を疑ったことを後悔した。「ごめんなさい。お友だちの怪我はひどいの？」

レアンドロは、わたしのことも〝親しい友人〟と思っているのかしら？ もしわたしが怪我をしたら、何もかも放り出して駆けつけてくれるの？

彼は心ここにあらずといった様子で、顔をしかめた。「詳しいことはわからないんだ。電話で聞いただけだから。きみのいとこの結婚式については申し訳ないが、いつ戻ってこられるか、現時点ではわからない」

軍隊のようにきっちりした日常生活を送っ

ている人が、そんなことを言うなんて。レアンドロはひどく心配しているらしい。「かまわない。怪我をしたお友だちに付き添うのは当然よ。わたしにできることはある?」

レアンドロはスーツケースの蓋を閉め、上着を手に取った。「携帯を持ってきてくれるかな? バスルームに置いてきてしまった」

洗面台にあった携帯電話を取り上げたとき、メールの着信音がした。マーニーは何気なく画面を見た。

〝ステファニー〟

誰だろう? 社員かしら? それとも、わたしの知らない人?

一瞬、マーニーはメールを読みたいと思った。けれど子どものころの記憶がよみがえり、自己嫌悪に陥った。母は浮気の証拠を求めて、父の上着のポケットをしょっちゅう探っていた。レアンドロが浮気をにおわせるような言動を見せたことはない。疑り深い性格を母から引き継いだのかもしれないと思うと、マーニーはいたたまれなくなった。慌てて寝室に戻り、携帯電話を彼の手に押しつけた。

「時差のある国から戻ったばかりで疲れているでしょうに、大変ね。お友だちが大丈夫だといいけれど」

「ありがとう」レアンドロは身をかがめ、マーニーにキスをした。

マーニーはすばやく反応し、彼が意図する

よりもキスを長引かせようとした。すると、彼は戸惑い、奇妙なまなざしをマーニーに注いだ。何か言いたげだったが、その表情はすぐに消え去った。マーニーが一瞬感じたつながりのようなものはすぐに失せ、レアンドロは身をひるがえして出ていった。

運転手が車のドアを開けてレアンドロを乗せ、スーツケースをトランクに入れた。「フライトの準備はできているそうです。今夜はお忙しいですね。イギリスに戻ってきて数時間でまた外国にいらっしゃるとは」

「まったくだ」レアンドロは低い声で応じた。

車が縁石を離れ、レアンドロは背もたれに寄りかかって深いため息をついた。ヘンリーが無事だといいのだが。ヘンリーが通うパリの学校の校長は電話で、鎖骨が折れているかもしれないと言っていた。ヘンリーは級友たちとハイキングに出かけ、うっかりして崖を滑り落ちたらしい。人里離れた場所での事故だったため、パリの病院に運ばれるまでに数時間を要したという。

命にかかわるような怪我ではないだろうが、ひどい痛みに襲われたに違いない。レアンドロは十二歳前後のとき、ラグビーで鎖骨を脱臼したことがあり、つらい思いをした。父は出張中、母は地球上のどこかの劇場に出演中で、レアンドロはたったひとりで治療を受けた。やがて父の部下が病院に迎えに来て、およそ家庭とは思えないフィフス・アベニューの豪華なアパートメントに帰った。

ヘンリーがひとりで痛い思いをしていると思うと、たまらなかった。さぞかし怖く、寂しい思いをしているだろう。ニコルが外国に行っているため、学校からぼくに連絡が来た。ぼくは、ヘンリーの緊急時の連絡先になっているのだ。ぼくがヘンリーと連絡を取り合うのをニコルが認めているのは、万が一のときに便利だからか？

レアンドロはマーニーのことを思った。彼は一瞬、彼女に打ち明けたい衝動に駆られた。パリに会いに行く友人というのは、元妻の嘘によって六年間も我が子だと思いこんでいた、今は十歳になる男の子のことだ、と。

だが、マーニーに秘密を打ち明けたいという気持ちは長くは続かず、すぐに理性が打ち勝った。これまで愛人に個人的な情報を話したためしはない。どうしてマーニーに話す必要があるんだ？

レアンドロは意図的に、女性との関係に感情を持ちこまないようにしていた。マーニーとのつき合いがこれまでより長く続いているからといって、なんら違いはない。彼女との交際に特別な意味があるわけではない。とはいえ、彼が寝室を出る際に彼女の目に浮かんでいた心配そうな表情がまだ心に残っていた。

自分がヘンリーの父親ではないと知ったときに心臓をえぐり出されるような気がしたことを、マーニーは理解してくれるだろうか？

理解できるとは思えない。何より大切なものとして六年間育てた息子が、ＤＮＡ検査によってほかの男の子どもだったと知ったときの気持ちをわかる者など、いるわけがない。

レアンドロの感じた悲しみは、死による喪失感と同じだった。彼は息子を失い、父親としての役割を失った。ヘンリーには、それでもふたりの親しい間柄は永遠に続くと約束した。だが、生まれた直後に腕に抱いた赤ん坊が、自分とは血のつながりがなかったという悲しい事実も永遠に続くのだ。

自家用機に乗ってから、レアンドロはヘンリーの学校の校長に電話をかけた。レントゲン検査の結果、骨折はしていないと判明したと聞いて、胸をなでおろした。パリに着くと、病院に直行し、ヘンリーの個室へ案内された。ヘンリーはひどく顔色が悪かったが、レアンドロを見て笑顔を見せた。

「パパ。肩が痛いよ」

レアンドロは胸にナイフを突き立てられたような痛みを覚えながら、優しい口調で諭した。「パパじゃなく、レオと呼ぶことにしただろう。医師によると、おまえの鎖骨は折れてはいないが、肩の靱帯が傷ついているそうだ。たいした治療はできなくて、安静にして、自然に治るのを待つしかないらしい。退院してもかまわないそうだ。お母さんの承諾を取れれば、週末は家で過ごせる」

「やった。夕食はピザがいいな」

「食欲があるのはけっこう」レアンドロは真顔で言った。

「ママは本当のパパと一緒にバルバドスに行ってる。だから、校長先生はレオに電話したんだ。きっと来てくれると思ったよ」そう言ったあとで、ヘンリーは顔を曇らせた。「レオが本当のパパだったらいいのにな」

胸の痛みがますます強くなり、レアンドロはヘンリーの枕を直しながら言った。「ぼくたちは親友同士だろう。それは変わらない。もうすぐ痛み止めが効き始めるから、少し眠ったらどうだ。ぼくはお母さんに電話してくる。きっと心配しているぞ」

「さあ、どうかな。ママとドミニクは楽しいことがありすぎて、ぼくのことなんか忘れてるさ」ヘンリーは平然と言ってのけた。

「そんなことはない。お母さんと……お父さんは、おまえのことをすごく大事に思っている」

レアンドロは部屋を出て、小声で悪態をついた。半年前、ニコルからドミニク・チルトンがヘンリーの父親だと聞かされた。ニコルとドミニクは一カ月の休暇を、家族としてヘンリーとともに過ごすよりも、カリブ海でふたりきりで過ごすほうを選んだという。

レアンドロは無力感に苛まれた。母親としてのニコルのやり方に口を出すわけにはいかない。彼自身も子どものころ、母親に拒絶された気分になったことがある。両親が自分に時間を割いてくれないことに関する落胆と悲しみが常につきまとっていた。ヘンリーも同じじゃないか？　レアンドロは怒りを抑えこみ、元妻であるニコルと電話で話した。

「ヘンリーの怪我がたいしたことないんだったら、急いでパリに帰る必要はないわね。ドミニクとわたしは数日前にセントルシアに着いたばかりで、ようやく息抜きできるようになったんですもの」ニコルは言った。

　レアンドロはニコルに、いったい何から息抜きする必要があるのかと問いただしたかった。高級ブティックと美容サロンを行き来するだけの生活を送っているというのに。しかし、レアンドロにはヘンリーに対する法的権利がない。ニコルの機嫌を損ねたら、ヘンリーとの関係を維持できなくなる恐れがあった。ヘンリーが〝レアンドロおじさん〟と会いたいと主張しても、ニコルは気にも留めないだろう。

　ニコルにだまされていたことを知ったときにレアンドロが感じた憎しみは、やがて侮蔑に変わり、ドミニクという男がその妻から莫大な離婚の慰謝料を要求されているという事情など、耳を傾ける気にもなれなかった。

レアンドロの思いはマーニーへと移っていった。考えてみると、ニコルとマーニーは驚くほど対照的だった。

ニューヨークにいたとき、マーニーが恋しかった。それは必ずしもベッドの中の彼女に限られていたわけではない。特定の女性との関係をあまり長く続けるべきではないと、彼は承知していた。一年は長すぎる。まだマーニーとの関係を終わらせたくないと考えるたびに、頭の中で警鐘が鳴り響き、それは体の相性がいいせいだと思いこもうとした。

ヘンリーは心配いらないとわかると、レアンドロはほっとした。そのとたん、マーニーとの情熱的な関係を考え、体が興奮してこわばるのを感じた。パーティで彼女を傷つけたことをすまないと思った。何か土産を買っていこうか？　レアンドロは眉をひそめ、何がいいだろうと思案した。宝石類は大げさだ。深読みされても困る。けれど、花はあまりにもそっけない。レアンドロにとっては、花は愛人と別れるときに贈るものだった。

彼女がカクテル・バーで働いている以外の時間をどんなふうに過ごしているのか、レアンドロはまったく知らなかった。彼女はいつも彼の生活の目立たないところにいて、仕事から帰ればマティーニを手渡し、昼夜を問わずいつでも彼の求めに応えてくれる。愛人としては完璧だった。

夏の初めにフランスのリヴィエラで、一週間のクルージングを楽しんだときのことを、レアンドロは思い出した。ある星がきれいな晩、甲板で抱き合ったあと、マーニーは星を見るのが好きだと言っていた。そうだ、天文学の本を買おう。本というのは、彼女のことを思っていることを適度に示す、格好の贈り物だ。

レアンドロはニコルとの会話に意識を戻した。ニコルには愛想よくしておかなければならない。あと数分間我慢すれば、電話を切ってヘンリーのところへ戻れるだろう。

3

「レアンドロが結婚式に来られなくて残念だったわ。ブライアンもわたしも、彼に会うのを楽しみにしていたのに。急にパリに行くことになったんですって？」

マーニーの母方のおばであるスーザンが、披露宴の料理が並んだテーブルの向こうから、マーニーにほほ笑みかけた。

「ええ。お友だちが事故で怪我(けが)をしたらしいんだけど、詳しいことはわからないの」マーニーは小声で答えた。二日前にパリに行ったきり、レアンドロからはなんの連絡もない。「今度、彼の都合のいい週末に、遊びにいらっしゃい。一度会っておきたいのよ。あなたはたったひとりの姪だもの。きちんと世話をしてくれる相手とおつき合いしてほしいわ」

「わたしは誰にも世話してもらう必要はないわ。お父さんが出ていってから、自分のことは自分でやってきた。お母さんがどんな状態だったか知っているでしょう。鬱がひどいときは、何日も寝たきりだったわ」マーニーは顔をしかめた。

スーザンはため息をついた。「大変だったわね。あなたのお父さんの浮気がショックだったんでしょう。ルークが事故で死んだあと、さらにひどくなったに違いないわ。かわいそうなルーク……二十歳の若さで死ぬなんて、あんまりだわ。ジェイクからは何か連絡はあった？」

マーニーはかぶりを振った。「五年前に会ったきりよ。ルークの死が耐えられなくて、ドラッグをやっているって言ってたわ。無心されたけれど、わたしも余分なお金はなかった。母の福祉手当と、アルバイトのわずかな稼ぎでは、かつかつだったの」

兄たちのことを思うと胸が痛み、マーニーは涙ぐんだ。二歳年上の双子の兄たちが、小さいころから大好きだった。幸せな家庭だったが、それは長距離トラックの運転手をしていた父が家にいるあいだだけだった。父は鬱病の母の世話に疲れ、マーニーが十一歳のときに家を出ていった。

母は働けず、家のローンの返済に困り、マーニーたちは団地に移り住んだ。兄たちはそこにはびこっていたならず者たちに感化され、やがてルークは命を落としてしまった。悲劇的な事故だった。ジェイクが運転していたオートバイの後部座席から落下したのだ。

新郎新婦に乾杯するために、ウエイターが飲み物をのせたトレイを持ってきた。マーニーははっとして、現在に意識を戻した。

「スパークリングワインでも飲んだらどうだ？」マーニーがフルーツジュースのグラスを手にするのを見て、おじのブライアンが言った。

「こんなに暑いと、ジュースのほうがおいしいわ。今はお酒を飲む気分じゃないの」

ブライアンはマーニーの手元を見た。彼女の持っている皿には、チーズやクラッカーがたくさんのっていた。「チーズはいやじゃないんだな。妊娠しているんじゃないか？　スーザンがジェマを身ごもっていたときは、チェダー・チーズを山ほど食べていたものだ」

「ブライアンったら！」スーザンは夫をにらみつけた。

マーニーはチーズ入りのペストリーをかじ

った。幸い、予定外の妊娠を心配する必要はない。マーニーは何年間も月経に伴う偏頭痛に苦しんでいて、医師から継続的に避妊薬を処方してもらっていた。おかげで月経は止まり、毎月の頭痛から解放された。

披露宴に続いてディスコパーティがあり、やがて新郎新婦がハネムーンに出発する時間となった。ふたりを乗せた車が、排気管に結わえつけたブリキ缶を派手に鳴らしながら走り去るのを、皆が歓声をあげて見送った。

翌日の午後、マーニーはロンドンへ戻る電車の中で、楽しい集まりを思い返した。もし自分が結婚するなら、やはり同じような結婚式にしたいと思った。

でも、レアンドロは将来の話をしたためしがない。結婚が話題になったこともない。彼との関係がこれからどうなるのか、何か徴が欲しいと思うわたしは間違っているのかしら？

車中で読もうと思って買った雑誌を読み終えてしまい、マーニーは近くの座席に放置されていた新聞を手に取った。そのタブロイド紙には有名人のゴシップが取り上げられていた。ページを繰り、レアンドロと美しいブルネットの女性の写真を発見した瞬間、マーニーは心臓がびくんと跳ねたような気がした。

その女性はステファニー・スドワイヌ、高級香水ブランドの専属モデルを務める、有名なフランス人モデルだった。海峡を挟んでフランスでもイギリスでも、パパラッチがしつこく彼女を追いかけていた。おそらくそのせいだろう、彼女とレアンドロがパリのレストランから出てくるところをとらえた写真では、ふたりとも困ったような顔をしていた。

レアンドロが怪我をした友人のためにパリに出かけていく直前、彼の電話にメールを送ってきたのは、このステファニーなの？　マーニーは唇を噛んだ。もしかして、友人の怪我というのは、美しいモデルとデートをするための口実だったの？　写真の中のレアンドロとステファニーは親しげで、まるで古い友人か……恋人同士のようだった。

結論を急いではいけない。

でも、何も特別なところのない太り気味のウエイトレスより、美しいモデルのほうが魅力的でしょう？

からかうような声が頭の中でこだました。猜疑心が、意地の悪い毒蛇のようにマーニーの心に忍びこんだ。ひょっとしたら、レアンドロが毎月パリに行くのは、ステファニーに会うためなのかもしれない。

子どものころの記憶がよみがえり、マーニーは目を閉じた。母が父をなじる声が聞こえてきた。〝相手は誰なの、レイ？　ばかにしないでちょうだい。金曜日の夜、あなたがパブに行くと言って出かけたとき、あとをつけたのよ。金髪の女と一緒にホテルに入っていったでしょう〟

なぜモデルと一緒の写真が新聞に載っているのか、レアンドロに尋ねるようなまねはしたくない。マーニーは急いで新聞を丸め、元の場所に戻した。

ところがロンドンへ戻る途中、マーニーの頭の中からレアンドロと美人モデルの写真が消えることはなかった。駅からイートン・スクエアへ歩くあいだも、彼女は物思いに沈んでいた。

「マーニー？」

聞き覚えのある声がした。再び聞くことはないかもしれないと思っていた声だ。振り返ると、マーニーのほうへ歩いてくる男性の姿が目に入った。

「ルーク？」

マーニーは息をのんだ。もちろん、ルークであるはずがない。

「ジェイク！　ずいぶん久しぶりね」

事故から五年がたっているが、ジェイクのやつれた顔にはまだ悲しみが宿っていて、マーニーが前回会ったときよりもずっと老けて見えた。

「この五年間、どこにいたの？」マーニーはきいた。

「ここにいるのが、ぼくじゃなくてルークだったらいいのになと思うよ。どこにいたかって……地獄の中をあちこちさまよっていた。

おまえはうまくやっているようだな」ジェイクは優雅なタウンハウスを見上げて言った。

「わたしの家じゃないのよ。ここに……友だちと住んでいるの」マーニーは顔を赤らめた。

「おまえの人生はおまえのものだ」ジェイクは肩をすくめた。「幸せならそれでいいさ」

「幸せよ。レアンドロはすてきな人なの。兄さんにもぜひ会ってもらいたいけど、あいにく今日はいないわ。ところで、どうしてここがわかったの？」

「昔の家に戻ってみたら、取り壊されていた。おまえがキングズ・ロードのカクテル・バーで働いていたのを思い出して、そこに行ってみたんだ。ウエイトレスのひとりが、電話番号と住所を教えてくれたよ」

ジェイクは顔をしかめて続けた。

「連絡しなくて悪かったな。実を言うと、窃盗で捕まって、しばらく刑務所に入っていたんだ。ドラッグを買う金が欲しくて、何度か押しこみ強盗をした。ルークが死んだあと、頭がおかしくなっていたんだ。ばかなまねをしたと悔やんでいるよ」

「まあ……。力になりたかったわ、ジェイク」マーニーは兄の手を握った。

「刑務所は地獄だ、二度と戻りたくない。人生をやり直すために、ドラッグもやめた。明日、スコットランド行きの電車に乗るつもりだ。ローモンド湖の近くの屋敷で、管理人の仕事に就けることになっているんだ。屋敷の主人のロード・タノックには、心から感謝している」ジェイクは自分の手を握る妹の手をじっと見た。「おまえを忘れたことはないよ。元気にしているかどうか、確かめたかったんだ」

マーニーは喉がつまって何も言えなかった。両腕を兄の首にまわして抱きしめる。「会えてうれしいわ。スコットランドに行く前に、泊まる場所はあるの？」

ジェイクはかぶりを振った。「金は切符代に全部使ってしまった。だけど、今夜は暖かいし、公園のベンチで寝るのは初めてじゃない」

「今夜はここに泊まって」

マーニーはレアンドロに、兄がいることを話していなかった。だがジェイクに野宿をさせたくはない。ジェイクを泊めていいか確認するために電話をしたが、彼の電話は電源が切れていた。少し前に電話したときも、そうだった。

「またあとで連絡してみるわ」マーニーは言いながら、ジェイクを家の中に入れた。

玄関ホールの白い大理石の床や、華やかなクリスタルのシャンデリアを見て、ジェイクは口笛を吹いた。「おまえの恋人はたいした金持ちなんだな。そりゃあ、幸せだろうよ」

「わたしはレアンドロを愛しているの。彼が裕福でなくても、同じように愛していると思う」

レアンドロに対する思いの深さを認めながらも、マーニーの心境は複雑だった。レアンドロのほうは彼女のことをどう思っているのかまったくわからないからだ。

マーニーはジェイクを見て、ルークの死後、どんなにつらい日々を送ってきたのだろうと想像しないではいられなかった。ひとりでは背負いきれない悲しみ……。わたしは胸の痛みを忘れるために勉学に打ちこんだ。けれど、ジェイクは双子の片割れを失ったのだ。その悲しみたるや、わたしとは比べようもないに違いない。

マーニーはなんとしてもジェイクの力になりたかった。そこで、あることを思いついた。

「おばあさんの真珠のネックレスがあるわ」

「何を言ってるんだ？」ジェイクは戸惑った顔をした。

「おばあさんが形見として、娘たちに宝石を残してくれたの。お母さんは真珠のネックレスを、スーザンおばさんはルビーの指輪を引き継いだわ。お母さんが亡くなり、ネックレスは今わたしの手元にある。最近もパーティで使ったけれど、あれを持っていって。値打ちのあるものだから、売れば、新しい仕事で最初のお給料が出るまでの生活費くらいにはなるはずよ」

「マーニー、そんなネックレスをもらうわけにはいかない」

ジェイクは断ろうとしたが、マーニーはすでにレアンドロの書斎に入り、壁の羽目板の一枚をずらして金庫をあらわにした。この家に引っ越してきたとき、レアンドロに、貴重品は金庫に入れるようにと言われた。真珠のネックレスは、マーニーの持っている唯一の貴重品だった。どんなに困窮しても、母はこれだけは売ろうとしなかった。

マーニーは暗証番号を覚えていたので、すぐに金庫を開けることができた。

「この箱全部に宝石が入っているのか？」ジェイクは金庫の中にあるたくさんのベルベット地の小箱を見つめた。

マーニーはうなずき、祖母のネックレスの入っている箱を取り出した。それをジェイクに手渡してから、再び施錠した。

「さあ、食事を作ってあげる。ずいぶん痩せちゃって。何年もまともな食事をしていないんでしょうね」

その晩ずっと、マーニーはレアンドロに電話をかけ続けたが、彼の電話は電源が切れたままだった。タブロイド紙の写真が頭の中にちらついたが、あまり独占欲を出してはいけないと、自分に言い聞かせた。

寝支度をしながら、鏡に映った自分の裸身

を見て、マーニーはダイエットしようと誓った。体重が増えたせいで大きくなったのは、胸ばかりではない。腰やヒップも丸くなり、おなかも以前よりせり出している。

夜食として用意した、チーズとクラッカーの皿を見るなり、マーニーは罪悪感を覚えた。そして、おじのブライアンが、おばが妊娠中にチーズをたくさん食べたと言っていたのを思い出した。でも、わたしが妊娠しているはずはない。もっと気持ちを引き締めよう。レアンドロはいつも、砂時計のような曲線を描いている彼女の体型をすてきだと称賛する。マーニーは、今彼がここにいて、ふたりの関係にまつわる不安を消し去ってくれればいいのにと思った。

「マーニー？」

夢うつつの中で呼びかけられ、マーニーは目を開けた。カーテンの隙間から差しこむ明るい陽光がまぶしい。「レアンドロなの？」

「驚いているようだな。今から帰るとメールを送ったのに、読んでいないのか？」

マーニーはベッド脇の時計を見て、どうして午後の三時半にベッドに入っているのだろうと不思議に思った。そこで、ぼんやりと思い出した。昨晩、兄のジェイクを家に泊めた。今朝マーニーが仕事に行くために起きたとき、もうジェイクの姿は消えていた。

レアンドロは上着を椅子に無造作にのせ、ベッドの縁に腰を下ろした。彼自身の男性らしい香りの混じったアフターシェーブローションのにおいを感じ、鼓動が早くなる。白いシャツの下にはたくましい体がうかがえた。顎に目立ち始めた黒い髭が、男性としての魅力をいっそう引き立てている。

「どうしてこんな時間に寝ていたんだ？　具合でも悪いのか？」

「仕事中に気を失い、早退してきたの」

客にコーヒーを出しているときにめまいがして、キッチンに戻ったとき、床に穴があいて吸いこまれるような感覚に襲われたのだ。

「料理長が、熱中症じゃないかって」

レアンドロは眉をひそめた。「医師に診てもらったほうがいい。暑さで気を失うなど、まずありえない。ビタミン不足かな」

「やめてよ。わたしの体は牛みたいに丈夫なのよ」

それを言うならサイズもね、とマーニーはうんざりした。彼女の体を見ているレアンドロの視線が気になった。

「頬が赤いよ」

彼に指摘されると、頬の赤みは首筋から胸元まで広がっていった。

「どうして見るからにきつすぎるブラジャーをつけているんだ？　胸が圧迫されて気を失ったのかもしれない」

レアンドロはマーニーの背中に手をまわし、ブラジャーの留め金を外した。灰色の目を輝かせて、彼女の胸を見つめる。それは熟れた桃のように、彼が味わうのを待っていた。

彼女の肌に赤く残る下着の跡をレアンドロは指先でなぞった。「ぼくのカードで、新しい下着を買えばいい。きれいな下着をつけているきみを見たいな」

「あなたに衣類を買ってもらおうとは思わないわ」マーニーは小声で言った。

もはや会話に集中できなかった。体の奥が、レアンドロを求めてうずいている。彼に見つめられただけで、こんなにも情熱をかきたてられるなんて。胸の先が硬くなり、そこにレアンドロの指先を感じるや、マーニーは息をのんだ。

激しい興奮が全身に広がり、さっきまでの不安は消え去った。抱き合うのは約二週間ぶりだったが、もっと久しぶりのような気がした。レアンドロが顔を寄せてくると、マーニーは息を殺した。

「気分はどうだ？　もう大丈夫か？」

レアンドロは本気で心配しているようだった。とはいえ、そのかすれた声には官能的な響きもあり、マーニーの全身が震えた。

「何か食べ物を持ってこようか。おなかはすいていないか？」

「食べ物より、あなたが欲しい」

マーニーは自分の弱さにあらがうのをやめ、彼に触れたい、彼の頬をなでたい、彼の髪を指で梳きたいという切望に屈した。

「キスして」マーニーは懇願した。

その言葉を吸いこむかのように、レアンドロは激しく唇を重ね合わせた。マーニーは陶然となり、愛する男性に身を任せた。

「きみの体は、いくら抱いても飽くということを知らない」レアンドロは荒々しく言った。下着を取り去って彼女の裸身を見下ろす。彼の灰色の目は欲望にけぶっていた。

「少し太ってしまったの」マーニーは恥ずかしそうに言った。できるものなら、丸みを帯びた体を上掛けで覆い隠したかった。

「ばかなことを。きみの体は実にすてきだ」

レアンドロはシャツのボタンを外し始めたが、その視線は片時も彼女から離れなかった。

「ニューヨークにいたときは毎晩、ぼくを待っているきみを想像して興奮してしまい、自分で欲望を鎮めるしかなかった」

レアンドロが彼らしくない慌てた様子で服を脱ぐのを見て、マーニーは鼓動が早くなるのを感じた。その性急さは、マーニーのことが恋しかったという告白以上に、彼女の心を揺さぶった。彼が自ら欲望を処理していたことを思うと、いっそう興奮を覚えた。

マーニーの胸中を読んだのか、レアンドロが低く笑った。「ぼくの留守中、きみも自分の体に触っているつもりになったりしたのかな?」

マーニーは後ろめたそうに頬を染めた。レアンドロはベッドの傍らに立ち、マーニーの脚を開いた。

「どんなふうにしたんだ? 今、ここで見せてくれ」彼はしわがれた声で言った。

一瞬マーニーはためらった。そんな行為を人に見せるなんてあまりに恥ずかしい。けれどマーニーはレアンドロを喜ばせたかった。それにすぐさま、彼が手を尽くして彼女を喜ばせてくれるとわかっていた。マーニーはそろそろと脚のあいだに手を伸ばし、熱く潤んだ部分に指を当てた。

彼がもらした低いうめき声にあと押しされ、マーニーは指を一本、さらにもう一本入れ、ベッドでひとりで寝ているとき、レアンドロのことを思いながらしたのと同じように動かした。半ば閉じたまぶたの下からレアンドロを見やる。彼の表情は張りつめ、目は異様なほど輝いて、飢えた狼さながらだった。

「ああ、ぼくのほうが爆発しそうだ」レアンドロはつぶやいた。マーニーが絶頂を迎えるさまを見ていたかったが、我が身の欲求のほうが強烈だった。

マーニーが指を抜いた瞬間、レアンドロは彼女の脚のあいだに陣取った。彼女の腰をつかむなり、勢いよく貫く。マーニーはレアンドロの動きに合わせて体を反らし、彼が突くたび、喜んでそれに応えた。

なんて寛大な恋人だろう、とレアンドロはつくづく思った。マーニー以外の女性に、これほど自制心が揺らぐことはなかった。そう考えたとたん、レアンドロの頭の中で警鐘が鳴り響いた。マーニーを必要としているわけではない。彼女とのセックスはすばらしいが、これまでもほかの女性とセックスを楽しんできた。今後も、マーニーと同じくらい満足感を得られる女性がきっと現れるはずだ。

ふたりの関係の主導権は自分にあると立証するため、レアンドロは自制し、リズミカルに激しく彼女を突いた。マーニーはあえぎながらレアンドロの名を呼び、ついに追いつめられて、全身を震わせながら彼の肩にしがみついた。

レアンドロはマーニーが落ち着くのを待ち、それから彼女を腹這いにさせて背後から再び貫いた。マーニーが枕に顔を押しつけ、くぐもった叫び声をあげながら二度目のクライマックスを迎えるのを見て、レアンドロは大いなる満足感に浸った。そして、自らを解き放った。上体を反らし、震えながら、低いうめき声をもらして。

そのあと、レアンドロは傍らに横たわるマーニーの髪をなでながら、自分があれほど興奮したのは、長いこと待ったせいだと考えた。

マーニーとの営みは、何も特別なものではない。ただの、そして、とてもいいセックスにすぎない。

それで納得し、レアンドロは起き上がってバスルームへ行った。数分後に戻ると、書類鞄から包みを取り出し、驚いた顔をしているマーニーに言った。「開けてごらん。プレゼントだ」

マーニーは胸を躍らせた。レアンドロはわたしたちの記念日を覚えていたのかしら？

包み紙を開けると、中には『初心者のための天文学』というタイトルの本が入っていた。

「フランスで船に乗ったとき、星や惑星に興味があると言っていただろう。だから、その本がおもしろいんじゃないかと思ったんだ」

落胆してはだめよとマーニーは自分に言い聞かせた。本はあまりロマンティックなプレゼントではないし、彼は記念日についてまったく言及しなかった。けれど、わたしに何がふさわしいかを考えたうえで選んでくれたのだから。「うれしいわ、ありがとう」

マーニーはベッドを出てローブを羽織ってから、化粧台に歩み寄ってヘアブラシを手にした。落ち着かない気分だった。まさにその本を十五歳のときに読み、天文学を学ぼうと決めたのだ。そのことをレアンドロに言うのは失礼な気がした。それでも、アメリカのNASAの実習訓練プログラムに招待されていることを、これ以上レアンドロに黙っていることはできなかった。

マーニーは大きく息を吸いこんだ。「レアンドロ、話があるの」

レアンドロは携帯電話でメールを読んでいたが、ちらりとマーニーを見た。「いとこの結婚式のことだろう。うまくいったのか？」

マーニーはNASAの話をいったん脇に置いた。「ええ、すてきな結婚式だった。おじとおばは、あなたに会えなくて残念がっていたわ。九月に遊びにいらっしゃいって。おじたちの持っている海辺の別荘に滞在してもいいそうよ」

「残念だが、無理だな。来月はずっとフィレンツェに行っている」

マーニーはレアンドロを見つめた。「また外国へ行くなんて、聞いてないわ」

レアンドロは肩をすくめた。「忙しいんだ。出張の予定を、いちいちきみに報告するわけにはいかない」

「じゃあ、仕事なのね？」マーニーは自分が疑り深い口調になっているのに気づいた。母にそっくりだと思い、嫌悪感を覚えた。

レアンドロが目を細くするのを見て、マーニーは彼がいらだっているのを感じた。

「もちろん、仕事が目的だ。最近、あの観光都市で長く使われていなかった劇場を買ったんだ。その修繕工事を見に行く」

レアンドロは化粧台の前に座っているマーニーに歩み寄り、ローブの胸元をはだけた。頭を下げ、鎖骨に唇を押しつける。

「きみもフィレンツェに行かないか」

マーニーは驚いた。「あなたが出張で行っているあいだ、遊びに行くということ？」

「ぼくの別荘に、一緒に泊まればいい。とてもきれいな屋敷だ。子どものころ、母親と祖父母に囲まれ、楽しい時間を過ごした」

厳しい父親と暮らす無味乾燥なニューヨークのアパートメントを離れ、フィレンツェで過ごす夏の数週間は、彼の子ども時代で最も幸せな思い出だった。そんな思い出のある家に、今まで愛人を連れていったことはなかった。だが、マーニーをヴィラ・コリーナへ連れていっても、ふたりの関係が行きすぎることにはならない気がした。むしろ、フィレンツェからロンドンへ週末ごとに帰らずにすめば、時間の節約になるはずだ。

マーニーは迷っているように見えた。レアンドロはその理由がわかる気がした。

「カクテル・バーの仕事を一カ月も休むのは無理かもしれないな。ずっと考えていたんだが、もう仕事を辞めてもいいんじゃないか？一緒に旅行できれば、何かと都合がいい」

「都合がいい？」

レアンドロがわたしを出張に同伴したがっているのは、ふたりの関係を深めるためではないらしい。NASAの話を打ち明けたら、レアンドロはどんな反応を示すだろう。もっと早くに打ち明けるべきだった。

「ウィレンツェに一緒に行けないのは、ウエイトレスの仕事があるからじゃない。実は、もうカクテル・バーには退職届を出したの」

レアンドロは眉を上げた。「じゃあ、何が問題なんだ?」

「実は……大学卒業後の実習訓練プログラムに招待されているの。カリフォルニアのNASA研究センターで天文学を勉強するのよ。だから、今後九カ月間は、アメリカに住むことになるわ」

4

沈黙が落ち、時計の針の音がいやに大きく響いた。

レアンドロは、マーニーにもうひとつ頭がついてしまったかのような表情を浮かべ、彼女を見つめていた。「話がよくわからない。どうしてNASAが、ウエイトレスに声をかけてきたんだ?」

マーニーの胸の中に潜むプライドが頭をもたげた。「カクテル・バーでの仕事はパートタイムで、仕事のない日は、ロンドン南部の大学に通っていたの。あなたがニューヨークに行っているあいだに試験の結果が出て、天体物理学で優等学位を取ったのよ」

レアンドロは肩をすくめ、ゆっくりと言った。「おめでとうと言うべきなんだろうな。きみがそんな勉強をしているとは知らなかった。なぜ秘密にしていたんだ?」

「最終試験に合格する自信がなかったから」

マーニーは言葉につまった。天文学の夢は彼女にはかけがえのないものだが、レアンドロには理解してもらえないのではないかと恐れ、話しそびれていたのだ。

「天文学に関する仕事に就くのがわたしの夢だったの。その話をすると、誰もが無理だと言ったわ。母には〝ちゃんとした仕事〟を考えなさいと言われたし、高校の先生も、大学に行くほど優秀だとは思ってくれなかった。わたしが通っていた高校はさほど優秀な学校ではなく、科学の時間にさぼらない女子生徒はわたしひとりだった」

「それにしても、そんなに重要なことを秘密にしていたのはおかしい」

レアンドロ自身が、個人的な事柄について話さないというルールを決めたのに。マーニーは腹が立った。ふたりのあいだには大きな壁があると思うのは、わたしの勝手な想像ではないはずだ。「秘密を持っているのはわたしだけじゃないわ。あなただって、頻繁にパリに行く理由を教えてくれたことがない」

「わざわざ説明する必要もないだろう」レアンドロはそっけなく答えた。

その冷たく傲慢な態度に、マーニーはいらだった。タブロイド紙に載っていた彼とモデルの写真がまだ気になっていた。

マーニーは思いきって言った。「数日前は、わたしたちが恋人になってからちょうど一年の記念日だった。一年間もつき合っているんだから、毎月パリに行って、誰と何をしているのかくらい、尋ねる権利があるとは思わない？」

止める間もなく、言葉が口をついて出ていた。父の浮気をなじる母の姿が脳裏をよぎり、マーニーは唇を噛んだ。フランス人モデルとの関係まで尋ねるのはやめよう。

「権利だって？　きみがぼくの妻だとしたら、その権利を認めよう。だが、きみはぼくの妻ではないし、将来的に妻になることもない。きみは愛人だ」

レアンドロの言葉は、プールに投げ入れられた小石のように、マーニーの心に波紋を広げた。鼓動が速まるのを意識しながら、マーニーは立ち上がって彼を見つめた。

「わたしは愛人じゃないわ」

レアンドロは眉をひそめた。「愛人だろう。ぼくの家に家賃を払わずに住んで――」

「ひとりで住むと何度も言っているのに、フラットを見つけてくるたびにあなたが何かしらけちをつけて、もっといい場所が見つかるまで一緒に住んでいようと言ったのよ」

「どれもこれも、みすぼらしい住まいばかりだったじゃないか」

「贅沢はできないわ。ここの家賃は払っていないけれど、できるだけわたしの出費は自分で賄っているのよ。ここで用意された夕食はごちそうになっても、食料品などはわたしが買ってくることもある。あなたにマティーニを作るためのウォッカや、あなたが大好きなキャビアも」

「パーティに着ていったワンピースはどうなんだ?」

レアンドロは日常生活の出費について、ほとんど考えたことがなかった。マーニーが生活費を出していると聞いて心底驚いた。今までの愛人たちは喜んで彼に支払いを任せたのに、どうしてマーニーはそうしないのか、と不思議でならなかった。

「貯金をはたいたわ。自分で使うものは、ウエイトレスの仕事のお給料で買っているの。あなたがくれたクレジットカードを使ったことは一度もない。自立していたいの。そうでないと、わたしたちの関係が基本的に変わってしまうから」

「わたしたちの関係?　ぼくたちのあいだに

関係と呼べるものなどないだろう」

マーニーは動転した。「だったら、わたしたちはなんなの?」

レアンドロは軽く肩をすくめた。「きみはぼくの愛人だ。この数カ月間、性的なつながりを楽しんでいる。いずれは自然な成り行きとしてそれも終わり、ぼくたちはそれぞれ別の道を進む」

マーニーは色を失った。「じゃあ、フィレンツェへ一緒に行こうというのは、セックスのためだけなの?」

「ほかにどんな理由があるというんだ?」血の気が引いたマーニーの顔を見て、レアンドロはいらだった。「最初からはっきり言ったはずだ。同居するといっても、永遠に続くことではないと」

マーニーの心は打ち砕かれ、息もできないほど胸が痛んだ。ひそかに抱いていた夢を、彼にあっさり否定されてしまったのだ。

「愛人でいた期間の長さは問題じゃない。アメリカに勉強に行くつもりなら、遠からず愛人の役割は終わるようだな」

「別れようと言っているの?」

気がつくと、マーニーの膝は震えていた。涙をこらえようとするあまり、目が痛い。この非情で冷笑的な男性の前で泣いたりするのは恥だと思い、彼女は泣き崩れたいのを必死に我慢した。

「NASAでの実習訓練プログラムは九カ月よ。ぜひ行きたいわ。願ってもないチャンスだもの」

レアンドロは肩をすくめた。「もちろん、行くべきだ」

マーニーは少しほっとした。結局、レアンドロは協力してくれるのだろう。わたしがウエイトレス以外の仕事を目指して科学の学位を取ったと聞いて、最初はショックだったのかもしれない。だけどその事実を受け入れ、わたしのために喜んでくれているのならいいのだけれど。

レアンドロの冷たい言葉が耳にこびりついていた。

〃きみはぼくの妻ではないし、将来的に妻になることもない〃

両親の不幸な結婚生活から、マーニーは、結婚と幸福が必ずしも一致しないことをよく知っていた。とはいえ、レアンドロがマーニーを愛人だと言い張ったことに、ショックを受けた。

「わたしがアメリカに九カ月間住むことについて、どう思う？　もっとはっきり言うなら、わたしたちはどうなるのかしら？」マーニーはレアンドロの顔を見たが、彼の心の中を読む手がかりは見つからなかった。

彼はそっけない口調で答えた。「〃わたしたち〃というのは存在しない。アメリカに行きたいなら、行けばいい。だが、望んだときに会えないなら、愛人の意味はないし、ぼくは九カ月間にわたって禁欲生活を送るつもりもない。どうやら思ったより早く、つまり、きみがアメリカに発つときに、ぼくたちは別れることになりそうだな」

NASAの招待を辞退しようという、とんでもない考えがマーニーの頭の中に浮かんだ。レアンドロを失い、二度と彼に抱かれることはないと思うと、胸が引き裂かれそうだった。だがそんな苦悩は、マーニーの心の中に渦巻くさまざまな感情のひとつにすぎなかった。

マーニーはレアンドロに対して怒っていたが、それ以上に自分自身に腹を立てていた。たとえ一瞬でも、ふたりの関係が永続的なものになることはないと明言した男性のために、自分の夢を犠牲にしてもいいと思うだなんて。

マーニーはレアンドロを愛していた。だが彼のほうはマーニーを愛していないという現実を見過ごしていた。これこそ、マーニーが母と同じくらい愚かだという証拠だ。けれど、母のように愛で身を滅ぼすつもりはない。

マーニーは顎を上げ、レアンドロの冷たい灰色の目を見返した。「じゃあ、今ここでお別れするのがいいかもね」

自分の口にしたことの重大さに、思わずマーニーはあえいだ。レアンドロと今すぐ別れるなんて、本当にできるの？

　マーニーはもう一度、レアンドロがけっして崩そうとしない心の障壁の向こう側をのぞこうとした。「一年間も一緒に住んでいたのだから……ふたりに将来があるかもしれないと思い始めていたのに」

「将来を期待させるようなことは、何ひとつ言わなかったはずだ」レアンドロは明らかにいらだちながらズボンをはいて、たんすからシャツを取り出した。

　幸せから絶望へと突き落とされるのがどれほどたやすいか。マーニーは愕然（がくぜん）として、レアンドロを見つめた。「何をしているの？」

「何をしていると思う？　まだ午後の半ばだ、仕事に戻る。話の続きは夜にしよう」レアンドロは横目でマーニーを見て言った。

「これ以上話すことなんてあるかしら？」マーニーは、彼を愛していると認めて自らを辱めることが怖かった。

　部屋の空気はひどく張りつめていた。レアンドロがドアに向かって歩いていく。これが、彼の姿を見る最後になるかもしれない。わたしは彼にとってなんの意味もない存在だとレアンドロは明言した。今すぐ彼から離れなければ、また彼の魅力に屈してしまう。

　割れたガラスでものみこんだように、マーニーの喉を鋭い痛みが走った。「帰ってきたとき、わたしはもういないわ。カリフォルニアに行くまで三週間しかないの。ジェマはハ

ネムーンに行っているから、彼女のフラットに泊まらせてもらうわ」

「好きにすればいい」

レアンドロは、マーニーに駆け寄って抱きしめたいという衝動に駆られた。そのままベッドに倒れこめば、彼女は抵抗しないはずだ。だがその一方、むしろ好都合だと考えてもいた。愛人が記念日や将来についてとやかく言い始めたら、別れる潮時だ。

マーニーの唇が震えているのを見て、レアンドロは奇妙なほど困惑した。彼女の野心的な夢には驚いた。カリフォルニアでの実習訓練プログラムは、ぜひ成功してほしい。とはいえ、彼女を待つつもりはない。すぐさま新しい愛人を見つけよう。

女性がレアンドロより仕事を優先するのは、これが初めてではなかった。彼の母親は、彼が七歳のとき、ミュージカル俳優としての成功を追い求めて彼のもとを去った。そのときレアンドロはまだ子どもで、母親がいなくなってから何カ月間も、毎晩泣いたものだった。

マーニーのせいで眠れなくなることはないだろう。大人になってから泣いたのは、ヘンリーが自分の息子ではないと示すＤＮＡ検査の結果を見たときだけだ。あれほどつらいことはなかった。元妻の裏切りには深く傷ついた。二度と女性に翻弄されるつもりはない。

レアンドロはドアの取っ手を握り、肩越し

にマーニーを見た。

「本気でいとこの家に移るつもりなら、出ていくとき、玄関ホールのテーブルに鍵を置いていってくれ」

死別したのと同じ感覚だった。だが兄が亡くなったときとは違い、今回、死んだのはマーニー自身の一部だった。

二週間前にレアンドロと別れて以来、マーニーの心は鉛のように重かった。ろくに眠れず、食欲もない。なのに今朝、体重を測ったらまた少し増えていて、生傷に塩をすりこまれたような気分になった。

「ドクター・レイトンがお待ちです」

受付係から声がかかった。

マーニーは診察室へ向かって、廊下を歩いていった。二日前、ひどいめまいがするといって、かかりつけの医師に相談をした。いとこのフラットまで三階分の階段をのぼるたびに、息切れも感じた。一週間のうちにアメリカへ発つ予定で、実習訓練プログラムが始まる前に、健康状態を確認しておきたかった。

診察室に入りながらマーニーは考えた。傷心を癒やす治療法なんてないに違いないと。

医師が深刻そうな顔をしていたので、マーニーは不安に駆られた。まさか重大な病気でも見つかったの？

数分後、ようやく医師の言葉の意味を理解

して、マーニーは机の端をつかんで思わず言い返した。「妊娠なんてありえません。何かの間違いです」

だが、間違いではなかった。二日前におこなった血液検査の結果、妊娠十六週目と判明した。鉄分不足による貧血は、妊婦にはよく見られる症状だ。

「避妊薬をのみ忘れたことはありません」マーニーは藁にもすがる思いで言った。あたかも懇願すれば医師が検査結果を変えることができるかのように。

「避妊薬は百パーセント確実なものではありませんし、抗生物質などの影響を受けることもあります。この数カ月、病気にかかったことはないようですが」ドクター・レイトンはマーニーの診療記録を見ながら言った。

「食中毒になりましたが、具合が悪かったのは二日だけで、病院には行きませんでした」

「その後、別の避妊方法を使いましたか？　避妊薬をのんだ直後に吐いたりすると、効果は薄れます」

マーニーは、フランスでレアンドロのクルーザーで過ごしたときのことを思い出した。ある朝、いつものとおり起きてすぐに避妊薬をのんだが、ベッドから出たら気分が悪くなってバスルームに駆けこんだ。前の夜に食べたムール貝にあたったのかもしれなかった。

あれは四カ月前のこと……。

小さな手がかりがつなぎ合わされるにつれ、マーニーは動揺した。体重が増え、食欲が増し……胸が丸くなり、わけもなく泣きたくなった。この二週間、毎晩泣きながら寝ていたのは、ホルモンのせいではなく、レアンドロが恋しかったせいだったけれど。

あと数週間で、妊娠期間の半分ほどになるという事実を、マーニーは考えてみた。「妊娠しているとは思いもしなかったので、毎日薬を服用し続けていました」

「胎児に影響があるかもしれないとご心配なのでしょうが、科学的証拠はありません。超音波検査で出産予定日を確定しましょう」医師はじっとマーニーを見つめた。「少なくとも十六週に入っていますから、産むかどうかの決断は急がなければなりません」

マーニーは少しも迷わなかった。子どもを産むことが自分にとって不都合だと思える理由は無数にあったにもかかわらず。

「子どもは産みます」

妊娠など予定になかったが、マーニーは運命として受け入れた。産む以外に選択肢があるとは思えなかった。やはりNASAでの実習訓練プログラムは、わたしには過ぎた話だったのだ。人生最大のチャンスだけれど、あきらめざるをえない。あと五カ月もすれば母親になるというのに、カリフォルニアの研究センターで九カ月も過ごせるはずがない。

わたしは母親になる。ああ、どうかわたしの母よりいい母親になれますように。

マーニーは急に恐ろしくなった。仕事もないし、住む家もない。わたしのことをセックスの相手にすぎないと片づけた男性の子どもを身ごもったあげく、天文学者になる夢も星ほど遠い存在になってしまったなんて。

レアンドロは玄関ホールのテーブルに鞄を放り出して居間に入り、バー・カウンターに歩み寄ってマティーニを作った。そのとき、彼の好きなカクテルを作るために、マーニーがウエイトレスの仕事で得た給料でウォッカを買っていたと言ったのを思い出した。

最後に見たマーニーの姿がよみがえった。まだ興奮の余韻で頬が赤らんでいたが、レアンドロが彼女との将来を考えていないと言ったときに傷ついた心は隠しきれていなかった。

〝わたしはあなたの愛人じゃないわ〟とマーニーは誇り高く言った。

まったく！　レアンドロは歯ぎしりをした。結局マーニーも、これまでぼくが関係した女性たちと同じで、ぼくが提供する以上のものを欲しがった。なぜ、ふたりがすでに持っていたもので満足できなかったのだろう？　お互いに体の関係を楽しみ、結婚などは考えずに気楽につき合うだけではだめなのか？

実のところ、レアンドロはマーニーが恋し

かった。その事実が彼をいらだたせた。予定どおりフィレンツェへ行っていれば、これほど苦しい思いはしなかっただろう。すぐにマーニーのことは忘れたはずだ。だが劇場の修繕工事が遅れ、彼はこの二週間をイートン・スクエアの自宅で過ごしていた。マーニーが窓辺に置いた鉢植えを見るたび、彼女のことを思い出した。その鉢植えは、毎日レアンドロが水をやっているにもかかわらず、彼女がいなくなってから萎れてしまった。

携帯電話が鳴った。画面に出ている発信者の名前を見て、レアンドロは何日かぶりにほほ笑んだ。「ステファニーか」

「レアンドロ、アイルランドに撮影に行く前に、ロンドンに寄るわ。モデルの仕事で、ママのアクセサリーを使いたいの。明日の午後には取りに行けるんだけれど」

「どれが必要か言ってくれ。ぼくが留守でもわかるように、机の上に出しておく。家政婦がいるから、家の中には入れるだろう」

「サファイアのネックレスと、真珠とダイヤモンドのチョーカーよ。心配しないで、大事にするから」

「母の宝石は、ぼくとおまえの共有財産だ。ぼくが使うとも思えないが」レアンドロは父親違いの妹に言った。

レアンドロはステファニーと数分ほど話してから電話を切り、マティーニを飲み干した。

それから、覚えているうちに金庫からアクセサリーを出しておこうと考えた。

書斎に行き、レアンドロは壁の羽目板をずらし、暗証番号を押して金庫を開けた。中には黒いベルベット地の箱がいくつもあり、それぞれに中身を記したラベルが貼られている。レアンドロの母親は高価な宝石をたくさん持っていたが、とりわけサファイアのネックレスが特にお気に入りだった。単なる好奇心から、レアンドロは母親が好きだったネックレスを見ようと思い、箱の蓋を開けた。だが、あるべきところにネックレスはなかった。

箱から落ちたのだろうか？　レアンドロは眉をひそめて金庫の中を捜した。ステファニーが最近あのネックレスを使って、うっかり違う箱に入れてしまったのかもしれない。

それでも見つからず、彼は金庫の中から別の箱を出し、真珠とダイヤモンドのチョーカーを捜した。だが、どこにもない。いやな予感がして、金庫の中の箱を残らず調べた。すべての箱が空っぽだった。

どういうことだ？　レアンドロは悪態をつき、金庫を開ける可能性のある人物を思い浮かべた。ぼくとマーニー、そしてベティ。レアンドロは、何年も家政婦をしているベティは信用できると確信していた。

家の鍵を持っていた三人以外の何者かが、家に侵入したに違いない。金庫の場所や暗証番号を知っていて、しかも警報システムを無効にできるような人物。

レアンドロは髪をかき上げた。盗みを働いたのが誰であれ、その人物が家に押し入った形跡はない。考えてみれば、レアンドロは何週間も金庫を開けていなかった。いつ盗まれたのか、警察に話しようがない。

彼は警備員に電話をして、家の正面と裏にある防犯カメラの録画映像を調べるよう指示した。「ジム、家の様子をうかがっている人物がいたら、すぐに教えてくれ。警察に提供する情報を集めたい」

その晩遅く、レアンドロは警備員から渡された防犯カメラの録画映像を再生した。マーニーが男を抱きしめている様子を見て、まずは衝撃を受け、怒りが湧き起こった。マーニーは男を玄関に導き、家の中に入れた。

この汚い身なりの男は大学関係の知り合いかもしれないと、レアンドロは理性的に考えた。この手の服装が、最近の学生のあいだで流行しているのかもしれない。

もう一度映像を再生すると、レアンドロは何かを殴りたくなった。できれば、この汚い身なりの男を。マーニーが優しい表情で男を見つめ、両手で抱きつく様子からして、ふたりが友人以上の間柄であることがうかがえた。

レアンドロはこぶしを握りしめた。この男はマーニーの恋人なのか？

　それが、マーニーが男を家の中に入れた理由として、いちばん無難なものだ。しかし、金庫から宝石が消えたのと、見知らぬ男の存在に、なんのつながりもないとは考えにくい。金庫を無理にこじ開けた形跡はなかった。ということは、金庫を開けた人物は暗証暗号を知っていたのだ。

　険しい顔で、レアンドロはマーニーが男を玄関から中へ入れる様子を見つめた。マーニーは金庫の暗証番号を知っている。実際、先だっての社員パーティの折、彼女は金庫に入れてあった真珠のネックレスをつけていた。つまり、この映像が録画される数日前、金庫を開けたことになる。

　レアンドロは映像を早送りして、汚い男が翌朝早くに家を出ていく姿を見た。マーニーが男を家に入れ、一晩泊めたという証拠を目にして、レアンドロの胸に激しい怒りが渦巻いた。ぼくの家で、ぼくの愛人が……。ふたりはぼくのベッドで寝たのか？　前の妻でさえ、そこまでひどいことはしなかった。

　すでに瓶を半分ほど空けているのもかまわず、レアンドロはグラスにウイスキーをついだ。そのグラスを口元に近づけたとき、自分の手が震えていることに気づいて驚いた。理屈では、マーニーとこの男との関係を早合点してはいけないとわかっていた。だが激しい怒りのせいで、いつもの冷静な判断力は失われていた。信じられないことに、レアンドロは嫉妬していた。

ぼくにとって、マーニーは特別な存在ではないはずなのに、どうして嫉妬するんだ？なぜ彼女の恋人を見つけ出し、ハンサムな顔をこぶしでめちゃくちゃにしたいと思うのだろう？　プライドを傷つけられたからだ、とレアンドロは結論づけた。

レアンドロは片手で目をこすってから、警察に電話をかけて宝石泥棒の通報をした。今は真夜中過ぎで、朝になってから電話をしても同じなのだが。

ぼくはなぜ、マーニーが盗みに関与しているかもしれないと警察に話すのをためらったのだろう？　彼女が恋人のために金庫を開けたのであれば、刑務所に入って当然だ。レアンドロは口元を引きつらせた。マーニーを信用していたのに……。

レアンドロは警備員に電話をした。「ジム、遅い時間にすまない。マーニー・アリス・クラークについて情報が欲しい。特に、過去に違法行為を犯しているかどうか。何かあったら、すぐに知らせてくれ」

今夜のうちにできることは、もうない。レアンドロは寝るべきだとわかっていたが、胸がうずいて眠れそうもなかった。

5

嵐が近づいているという予報にもかかわらず、厳しい残暑はまだ続いていた。イートン・スクエアの舗道は汚れていて、共用の庭のプラタナスは干からび、奇妙に色彩のない空を背景にうなだれていた。

レアンドロの家の玄関に向かいながら、マーニーは息苦しいほど緊張していた。かかりつけの医師に鉄剤を処方してもらったので、妊娠のせいで起きる息切れは改善されたはずだった。しかし、玄関ドアの前に立って呼び鈴を押そうとしている今、マーニーの心臓は激しく打っていた。

レアンドロはフィレンツェに行っていると思っていたのに、少し前に電話をしたところ、彼はロンドンにいた。驚いたことに、マーニーが会いたいと言うと、彼は理由をききもしなかった。

〝一時に家に来い〟

彼が言ったのはそれだけだった。

マーニーはもっと中立的な場所で会いたいと思ったが、人目のないところで話し合うほうがいいのも事実だった。

マーニーは家政婦に迎えられるものと思っ

ていたのに、ドアが開いたとき、そこにはレアンドロが立っていた。彼の冷たい目に見すえられ、マーニーは思わず息をのんだ。彼はジーンズと黒いポロシャツというカジュアルな服装で、暗色の髪はかきむしったように乱れている。

どうしようもなく脚が震え、マーニーはドア枠につかまって体を支えた。

「まだ病院に行っていないのか？　倒れる前に座れ」

レアンドロは彼女の腰に手をまわし、ラウンジに連れていった。

マーニーはソファの背にもたれた。レアンドロの目に心配そうな表情が浮かんでいるのを見て、心がなごむ。マーニーのほうにかがみこんでいるため、彼の顔はとても近いところにあった。マーニーはそのわずかな距離をつめて、彼の官能的な唇に自分の唇を重ね合わせたいと思った。けれど、もはやふたりは恋人同士ではなく、彼にキスをする権利はない。マーニーはレアンドロに二度と会えないかもしれないと思っていた。今ここにいる唯一の理由は、おなかの中に彼の子どもがいるからだ。

胃のあたりが締めつけられるような気がした。マーニーは身を起こし、髪を顔から払った。「病院に行ったわ。めまいがするのは、鉄分が足りないせいですって。わたしのような状態の女性にはよくあることらしいわ」

レアンドロは眉を上げた。「きみのような状態というと？」

「実は……妊娠しているの」

マーニーがこのことを口に出して言うのは初めてだった。信じられない事実が急に現実味を帯びた。

レアンドロが笑うのを見て、マーニーは言った。「冗談じゃないのよ。何がそんなにおかしいの？」

「傑作だよ。父親はぼくだとでも、言うつもりか？」レアンドロは笑顔とは裏腹の、苦々しい口調で言った。

マーニーは座っていてよかったと思った。とても自分の脚で立ってはいられなかっただろう。「もちろん、父親はあなたよ。体の関係を持ったのはあなただけだもの。ここにいるのは間違いなくあなたの子どもよ」

マーニーは、木綿地のワンピースの下の、かすかに丸みを帯びたおなかに手を当てた。

「そこまでにしておけ」レアンドロはきつい口調で言った。

レアンドロはマーニーの手が置かれている、以前よりもふくよかになった彼女の腹部を見た。そのとたん激しい怒りが胸に湧いた。

マーニーから電話があり、会いたいと言われたとき、レアンドロは心底安堵した。マーニーはもっともな理由があって宝石を持ち出したに違いない。なぜか彼は、マーニーが泥棒だと考えると、つらくてたまらなかった。彼女が宝石を返したいというのなら、警察沙汰にはしないつもりだった。

玄関の前に立つマーニーを見て、レアンドロは彼女を恋しく思っていたことを認めざるをえなかった。金髪が豊かに波打って肩口に落ち、シンプルな白い木綿地のワンピースが、美しい体の曲線を引き立てている。すぐにでも彼女を抱き上げ、ベッドに連れていきたかった。二週間も女性を抱いておらず、欲望を持て余していた。ところが腹立たしいことに、どんな女性とデートをしても、そのあとベッドに誘いたいとは思えなかった。

レアンドロはあらためてマーニーを見た。胸が豊かになったようだ。はっきりとはわからないが、何かが変化していた。以前より全体的に印象が柔らかだ。レアンドロは我が身を押しつけたい衝動に駆られた。確かにマーニーは妊娠しているのかもしれない。だが、ぼくの子どもなのか？

マーニーが家に招き入れた男の姿が脳裏をよぎった。「ぼくの子どもだとは信じられないな」

マーニーは青ざめた。だがすぐに口元に力を入れて震えを隠し、立ち上がってレアンドロと向き合った。なぜか、誇り高く顎を上げている様子が、レアンドロを不安にさせた。

「どうして、あなたの子どもだと認めようとしないの？　わたしは――」

「だったら、見せてやろう」レアンドロはマーニーの言葉を遮った。おそらく恋人だと思われる、汚い身なりの男と一緒にいるマーニーの姿を思い出すと、めらめらと怒りが燃え上がった。「座れ！」吠えるように言う。マーニーの驚いた顔を見て、彼は暗い満足感を覚えた。

レアンドロはマーニーと並んでソファに座り、コーヒー・テーブルに置いてあったパソコンを開いた。すぐさま、玄関先に男と一緒に立っているマーニーの姿が画面に映し出された。

「あっ」

マーニーのあえぎ声はほとんど聞こえないくらいだったが、それでもレアンドロが彼女の有罪を確信するには充分だった。

「裏切り者の雌犬め」

思わず辛辣な言葉が口から出てしまい、ますますレアンドロの怒りは高じた。マーニーの浮気を気にしていると思われるのがいやだった。

レアンドロは、わざと丁寧な口調を作って言った。「教えてやろう、マーニー。もし浮気をしたいのなら、防犯カメラに映るところではしないことだ」

レアンドロはマーニーの驚いた顔を見なが

ら、汚い身なりの男が家を出ていくところで録画映像を止めた。

「よくも、恋人を家に連れこんだりしたな。画面の上の日付が、男が来た日の翌日になっている。つまり、ここに泊まったわけだ」

「恋人じゃないわ。浮気していると思われるなんて、信じられない。この男性は兄のジェイクよ」マーニーは声をつまらせながら言った。レアンドロに、そんなにひどい女だと思われていたとは。すぐにショックは怒りへと変わった。

「兄だって？　ノーフォーク州に住んでいるおばさんやおじさん、最近結婚したいとこの話は聞いていたが、お兄さんがいるなんて一度も聞いたことがない」

「ジェイクとは音信不通になっていて、話をするのがつらかったからよ」

「長いこと行方不明だったお兄さんが、今ごろ現れるとは、都合のいい話だな」

「ジェイクは本当に兄よ。どうしてそんなに意地悪なの？」

マーニーはレアンドロの言葉の一つ一つに傷つき、震える声で続けた。

「ジェイクは仕事のためにスコットランドに行く前に、会いに来てくれたの。一晩泊めていいかどうか、あなたに確認をしようと思ったけれど、電話の電源が切れていたわ」

「兄だろうが恋人だろうが……どちらでもい

いが、そいつはスコットランドに行ったのか。できるだけ早くロンドンから離れたかったわけだな」レアンドロは嘲るように言った。

「どういう意味？」

「いいかげん、白を切るのはやめろ！　ぼくのことを意地悪だと責めるのか？　ちゃんと説明しないと、もっと意地悪になるぞ。ぼくの子どもを身ごもっていると聞いたからって、甘い顔はしない。むしろ逆だ」

「レアンドロ、どうしたの？　怖いわ」

レアンドロは彼女の腕をつかんで無理やり立たせた。マーニーは思わず悲鳴をあげた。

腕を振りほどこうとしても、レアンドロは手を離そうとせず、そのまま引きずるようにしてマーニーを書斎へ連れていった。彼は壁の前に立った。そこの羽目板はずれていて、金属製の金庫が見えていた。

マーニーは金庫のドアが開いているのを見て驚いた。レアンドロの母親のものだった宝石が入っていたはずの黒い箱が、空っぽの状態で机の上にいくつも放置されているのに気づくや、いやな予感がした。

「妊娠したなどという話以外に、警察を呼んで母の宝石を盗んだ罪できみを逮捕してもらわずにすむ、まっとうな理由を教えてくれ」

「でも、わたしは盗みなんか……」

マーニーは恐ろしいことを思いついて、言葉を切った。まさかジェイクが？　兄が宝石を盗んだの？　そんなことはしていないはずだ。兄を疑ったことで、マーニーは後ろめたさを感じた。

「家に押し入られた形跡はないの？」

「警備チームが建物を調べたが、何もなかった。家の鍵を持っている人物の仕業だと思う。ぼくは自分の家で盗みを働いたりはしない。家政婦のベティは、書斎に入るのは週に一回、掃除のためだけだと言っている。彼女は十年間もここで働いていて、宝石を盗むとは思えない」

「それで、わたしを疑うの？」マーニーはこれ以上ない屈辱を感じたが、次のレアンドロの言葉を聞いて、まだ上があると思い知らされた。

「きみは家の鍵を持っていたし、金庫を開ける暗証番号も知っていた。それに六年前、きみは万引きで捕まっている」

マーニーがあえぐのを無視して、レアンドロは容赦なく続けた。

「警備員に、きみの犯罪歴を調べさせた。きみは浮気女であると同時に、泥棒でもあるとわかった。きみは恋人をうちに呼び入れて、金庫を開けて母の宝石を盗み出した。恋人がそれを売ったんだろう」

「わたしは泥棒じゃないわ！」

マーニーは涙をのみこむようにして言った。心臓が早鐘のように打っている。

「万引きのことは誤解だったのよ。店で、高価なハンドバッグを手に取って見ていたとき、窓の外に兄のルークが見えた気がして、思わずハンドバッグを持ったまま駆け出したの」

「お兄さんの名前はジェイクだったんじゃないか？　嘘をつくなら覚えておけ」

マーニーは頬を赤くした。「兄はふたりいるの。ジェイクとルークは双子なのよ」

「ほう、今度は双子の兄か」

レアンドロのからかうような口調にマーニーは深く傷つき、この書斎から、この家から、彼のもとから、今すぐ走り去りたかった。万引きの一件をレアンドロに知られたくはなかった。あれは生涯でいちばん困惑した出来事だった。

マーニーは、胸の奥底にわずかに残っていたプライドをかき集めた。「外に見えたのがルークでないのはわかっていたわ。だって、ルークは二十歳のときに亡くなったから。でもルークの死後に音信が途絶えていたジェイクだったらいいと思って、走っていったの。結局、他人のそら似だった。そしてお店の人が追いかけてきて、ハンドバッグを盗んだと決めつけたわ」

レアンドロはいらだって言った。「店員がきみの話を信じなくても驚かない。もう嘘はたくさんだ。宝石の在り処を言うか、それともきみから警察に話すか、どちらかだ。警察はきみが家に連れこんだ男の素性を知りたがるだろうな。きみが金庫を開けたのか？」

レアンドロは射抜くような目でマーニーを見た。

「わたしは……」喉がつまり、マーニーは先が言えなかった。

マーニーは金庫の鍵を開ける暗証番号を押し、祖母の真珠のネックレスを取り出す自分の姿を思い返した。あのときジェイクは近くに立っていて、八桁の数字を暗記するのは可能だった。ジェイクには、すでに窃盗で刑に服した過去がある。わたしが警察に話をしたら、兄は再び刑務所送りになってしまう。

子どものころのことが脳裏によみがえった。マーニーはふたりの兄たちが大好きで、彼らも妹をかわいがった。ジェイクのほうがルークよりも勇敢で、マーニーにつきまとういじめっ子たちにも敢然と立ち向かった。ジェイクはけっして悪い人間ではないのだが、ルークの死のショックからうまく立ち直れなかった。

人生をやり直すつもりだとジェイクは言っていた。もし本当に兄が宝石を盗んだのなら、話し合って、すぐに返すよう説得したい。でもあの朝、ジェイクは挨拶もせずにいなくなった。

マーニーは目を上げて、レアンドロを見た。その顔は、御影石（みかげいし）の彫像のようだった。レアンドロが怒るのは当然だが、マーニーは、どうしても兄を裏切る気持ちにはなれなかった。

レアンドロはいらだちもあらわに、もう一度尋ねた。「きみが金庫を開けたのか？　どうなんだ？」

レアンドロの口調の荒々しさに、マーニーは思わずたじろいだ。書斎の壁が迫ってくるようだ。室内はひどく暑く、マーニーは息もろくにできなかった。真っ昼間だというのに外が暗くなり、爆弾が落ちたかのような雷鳴がとどろいた。

突然、マーニーは目の前が真っ暗になり、慌てて走り寄ったレアンドロに抱きかかえられたことにも気づかなかった。

「これを飲め」

マーニーはうっすらと目を開けた。居間のソファに横たわっているとわかるまでに、数秒を要した。レアンドロが書斎からここに運んだに違いない。今、彼はマーニーのほうへ身を乗り出し、グラスを彼女の口元に当てていた。

マーニーはウィスキーの香りをかぎ、頭を左右に振った。「お酒は飲めないわ。赤ちゃんに悪影響があるかもしれないでしょう」

レアンドロは何かつぶやきながらウィスキーのグラスをテーブルに置き、代わりに水の入ったグラスをマーニーに渡した。彼女は水きなかった。レアンドロの答えによっては、すでに傷ついている心がさらに傷つくことになるのだから、なおさらだ。

「どうして妊娠したんだ？ 避妊薬をのんでいたはずだ」彼が非情な問いを発した。

「のんでいたわ、でも、フランスに行ったときに食中毒になったでしょう。その後一カ月間、効力が薄れることを知らなかったの」

レアンドロは部屋の中を歩きまわるのをやめて、マーニーに近づいた。彼の眉間にはしわが刻まれていた。「だがあれは四カ月前だろう」

「今、十七週目くらいなの。わたしがのんでいた避妊薬は生理を止めるものだったから、

を飲むと、クッションに頭をあずけた。ありがたいことにめまいはおさまり、回転木馬に乗っているような気分は消えていた。

マーニーがもう失神しそうにないとわかると、レアンドロは彼女から離れた。近くにいるのが耐えられないのかしら、とマーニーは惨めに考えた。レアンドロは誰かにメールを送っている。相手は誰？ 彼だってタブロイド紙のゴシップ欄にフランス人モデルとの写真が載っていたのに、どうしてわたしを浮気女だと一方的に責められるの？

さまざまな感情がマーニーの心の中で渦巻いた。だがステファニー・スドワイヌとは何者なのかときくのは、自らを辱めるようでで

生理がないからといって、妊娠したとは思わなかった。普通はそれでわかることが多いのよね。つわりがあったわけでもないし、まさか妊娠しているとは思いもしなかった」

　レアンドロは落ち着かなげに、額にかかる髪をかき上げた。マーニーにはいろいろ驚かされてきたが、あと五カ月もすれば子どもが生まれるという話は衝撃的だった。レアンドロの視線が、木綿地のワンピースの下にうかがえる、かすかに丸みを増したマーニーの腹部に吸い寄せられた。本当に自分の子どもかもしれないと思うと胸が高鳴った。

　しかし理性が働き、前の妻と一緒のときにも同じような状況があったことを思い出した。マーニーは妊娠しているかもしれないが、彼女が家に招き入れた男と浮気をしていたとしたら、あの男が父親である可能性もあるのだ。

　レアンドロは携帯電話のメールを読み、眉間にしわを寄せた。マーニーはひどく顔色が悪い。レアンドロは、マーニーを心配している自分が腹立たしかった。もし、マーニーのおなかの中にいるのが本当にぼくの子どもなら、今後は彼女に最高の医療サービスを受けさせたい。けれど、その前に確認しなければならないことがある。

「すぐにＤＮＡ検査をしたい。ぼくの子どもかどうか、子どもが生まれるまで五カ月も待つのはいやだ」

マーニーは足をソファから下ろし、コーヒー・テーブルの上のパソコンを見やった。その画面には、ジェイクを家の中に入れるマーニーの姿が映っている。金庫から宝石を盗み出した件については、確かに不利な証拠がそろっていた。それにしても、レアンドロに盗みを疑われていることに、マーニーは深く傷ついた。

「DNA検査など必要ないわ。初めて関係を持ったとき、わたしが未経験だったのはわかったでしょう。わたしがベッドをともにした相手はあなたひとりよ」

レアンドロは肩をすくめた。「口ではなんとでも言える。ベルグレービアにただで住むために体の関係を許したとしたら、きみはどういう女ということになる？」

少し赤みが戻っていたマーニーの頬から再び血の気が引いた。

だがレアンドロはさらに続けた。「無侵襲性の出生前遺伝学的検査なら、胎児にとって危険はない。友人のアレックスがハーリー・ストリートで診療所を開いている。たった今メールで、必要なのはぼくたちの血液検査だけだと教えてくれた。妊婦の血液中にある胎児血液のDNAを分析して、男の血液中のDNAと比較する。この検査でぼくが父親だと証明されたら、子どもに対する責任を引き受けよう」

「ご親切なこと」

レアンドロの冷たい態度に、マーニーはいらだった。子どもに対する責任を持つという彼の言葉に安堵してもよかったが、彼の口調には愛情が感じられなかった。まるで子どもを厄介者扱いしているようだった。

わたしも父親に求められていなかった、とマーニーは思った。母親にとっても、わたしは家事手伝いにすぎなかった。

自分は子どもを愛してやろうとマーニーは心に決めていた。おなかの中にいるか弱い存在に、強い愛情を感じた。母のようにはならない。レアンドロが冷たい分、わたしはその何倍も子どもを愛する。

「DNA検査の必要はないと言ったでしょう。おなかの子どもの父親はあなた以外に考えられない。それでも信じないというなら、それはあなたの勝手よ。あなたに責任を取ってもらおうとは思わない。何ひとつ期待していないわ。ただ、あなたの子どもができたということを、あなたにも知らせておくべきだと思っただけよ」

レアンドロの前ではけっして取り乱すまいと、マーニーは決意していた。けれど、マーニーがドアに向かって一歩踏み出したとき、レアンドロが彼女の腕をつかみ、自分のほうに向かせた。

「なくなった宝石のことを忘れているようだ

な。そんなに慌てて帰ろうとするのは、恋人に盗みがばれたことを知らせるためだろう。ぼくはめったに金庫を開けない。だから、宝石がなくなったのに気づく前に、遠くに逃げてしまおうと思ったのか」

「だったら、妊娠のことを知らせに来るはずないでしょう?」レアンドロの非難の言葉に傷つきながら、マーニーは言い返した。

「恋人に子どもの責任は取らないとでも言われ、宝石を持ち逃げでもされたんだろう。それで、子どもをぼくに押しつけることにしたんじゃないのか? 男を家に入れるところを防犯カメラがとらえていたとは知らず、盗みがばれたときには押し入り強盗のせいにできると思っていたんだろう」

「おなかの中にいるのはあなたの子どもよ。わたしの過去や家族のことを調べれば、ジェイクが兄だとすぐにわかるわ」

マーニーは大きく息を吸いこんでから言葉を継いだ。

「いいわ、DNA検査を受けましょう。あなたが父親だという結果が出ると、百パーセント自信があるけれど。宝石が金庫からなくなったことについては、わたしは何も知らないわ」

ジェイクが盗みを働いたという確証はない。マーニーはなるべく早くジェイクと話したいと思った。

気づいたときには、マーニーはレアンドロに腕をつかまれたまま、部屋を出て玄関に向かって歩いていた。

「アレックスの診療所に、今すぐ行こう」

レアンドロは険しい表情でマーニーを見た。その視線に、マーニーはこれまでの彼の言動の何よりも深く傷ついた。

「もしきみが嘘をついていて、ほかの男の子どもをぼくに押しつけようとしたとわかったら、ただじゃおかないからな。せいぜいぼくに探し出せない場所を見つけてじっと隠れていることだな」

6

ハーリー・ストリートの個人診療所で、マーニーとレアンドロはＤＮＡ検査のために血液を採取された。

「こんなことをさせるなんて、絶対に許さない」診療所からの帰途、マーニーはレアンドロに食ってかかった。折からの豪雨で、ロンドン西部に向かう道路は混んでいた。

レアンドロは眉をひそめた。「血液を採るとき、痛かったのか？」

ちゃんと経験から学びましたよ、父さん。レアンドロは苦々しく胸の内でつぶやいた。父親の嘲笑の言葉は、ヘンリーが自分の子どもではないとわかった絶望感と同じくらい、耐えがたいものだった。

「駅で降ろして。ブリクストンまで地下鉄に乗るわ。そこからなら、いとこのフラットのあるダリッチまで、バスですぐだから」

マーニーの言葉が、回想にふけっていたレアンドロを現実へ引き戻した。

「ばかを言うな。DNA検査の結果が出るまでの一週間は、ぼくの目の届くところにいてもらう。うちに泊まればいい。ぼくの子どもだと証明されたら、この一件にどう対処して

「いいえ。でも、子どもの父親があなただと証明しなければならないなんて、侮辱だわ。体の関係を持った相手はあなただけだと言っているのに」

「証拠がなければ父親であることを受け入れられない」

レアンドロは、ヘンリーが我が子でないとわかったとき、父が口にした言葉を思い出した。シルヴェストロは容赦なく言った。

〝子どもが生まれたとき、あるいはニコルと離婚して養育費を支払うことに同意したときに、親子鑑定を受けるべきだったんだ。DNA検査をするのに六年も待つとは、まったくおめでたいやつだな〟

いくか話し合おう」

マーニーは、レアンドロの偉そうな話しぶりに腹が立った。「わたしがどう対処していくかお話しするわ。わたしは赤ちゃんにとって最高の母親になる。あなたには何も望まないし、必要ともしない。話し合うことなど何ひとつないわ。あなたは地獄に落ちるなりなんなり、勝手にして」

「もう地獄にいる気分だよ」

レアンドロはハンドルを握ったまま、ちらりとマーニーを見た。これまで、マーニーが彼に対して怒りを見せたことはなかった。あまり興奮するのはおなかの子によくないんじゃないか？ もしぼくの子どもだったら、妊娠中はマーニーを動揺させないようにしよう。

レアンドロは目の前の道路に意識を集中して、マーニーのワンピースの下で上下している豊かな胸のことは考えまいとした。ベッドへ連れていけば、マーニーは長くは怒っていられないだろう。自分の体が興奮してくるのを感じ、レアンドロは小さく悪態をついた。マーニーはほかの男に抱かれた可能性があるんだぞ、と自分に言い聞かせる。すると、冷たい怒りが興奮に取って代わった。

「いとこがハネムーンから帰ったら、どこに住むつもりだ？ もうアメリカには行かないんだろう？」

「今年はＮＡＳＡの実習訓練プログラムは受

けられないわね。でも、出産後に先延ばしできるかもしれない。研究センターには、すばらしい育児施設があるらしいわ」

レアンドロは彼女の言葉についてよく考えた。「勉強するために、生まれたばかりの赤ん坊を託児所に預けるつもりか？　施設がいいか悪いかなど問題じゃない。赤ん坊は親と一緒にいるべきだ。そうして絆(きずな)ができ、子どもは親に愛されていると安心できる」

レアンドロのいちばん古い記憶は、自分は育児係に世話をされているというものだった。両親は育児室に来たはずだが、彼は、母からも父からも愛情をたっぷりと注がれたという記憶はなかった。

マーニーはレアンドロの感情的な言葉に驚いた。「ずいぶん古くさい考え方ね。女性は育児に専念し、仕事を犠牲にするべきだなんて」

「必ずしも母親でなくてもいい。男だって、いい親になれる」

ヘンリーが生まれたとき、レアンドロは自分の父親よりもいい父親になろうと決意した。それを思うと、今も胸を締めつけられた。もしマーニーのおなかの中にいるのがぼくの子どもだったら、思いきり愛してやりたい。

「ぼくが父親だとわかったら、九カ月も子どもをアメリカに連れていくのは許さない」彼はかすれ気味の声で言った。

「あなたには止められないわ。それに、何を気にしているの？　子どもなど欲しくないと言っていたでしょう」

「そんなことは言っていない。ぼくの子どもだという証拠が欲しいと言ったんだ。本当にぼくの子どもなら、我が子の人生に積極的に関わっていきたい」

マーニーは驚きを隠せなかった。「あら、その場合は、面会の条件について話し合いをしなければならないわね。わたしが来年実習訓練プログラムに行くことになったら、あなたは赤ちゃんに会いにカリフォルニアに来ることになるわ」

「アメリカで勉強するための資金はどうするつもりだ？　奨学金をもらうにしても、生活費は必要だろう。授業を受けながら仕事もするとなると、赤ん坊を世話する時間などないはずだ」

「まだ細かいことは決めていないけれど、なんとかするわ」勉強を続けながらシングルマザーとしてやっていけるかどうか、確かにマーニーも不安を感じていた。

「もしぼくが子どもの父親だったら、アメリカでもどこでも、勉強を続けるための資金はぼくが出そう。その代わりぼくに全面的に親権を預け、子どもはぼくの手元に置いていくんだ」

マーニーは眉をひそめ、レアンドロが言っ

たことについて考えた。「九カ月間、赤ちゃんをイギリスに置いておけというの？」

「九カ月だけじゃない、ずっとだ。きみは親権を手放す代わりに、ぼくから経済的な見返りを得る」レアンドロはそっけなく答えた。

マーニーはようやく意味を理解して、気分が悪くなった。嫌悪感に声を震わせながら言った。「わたしがお金のために赤ちゃんを手放すと本気で思っているの？　そんなひどいことを言うなんて、あなたはいったいどういう人間？　今あなたが言ったみたいに、自分の子どもを売るようなまねをする女性がいるとは思えないわ」

「なかには、やむをえずそうする女性もいるだろう」レアンドロは沈んだ口調で答えた。

両親が離婚したとき、レアンドロは、父親が裁判で親権を認められたものと思っていた。だが十代になったころ、ヴィアッツリ家の跡取り息子と引き換えに、母がシルヴェストロ・ヴィアッツリから莫大な金を受け取っていた事実を知った。

「あなたに恋していたなんて信じられない」マーニーは声をつまらせながら言った。

レアンドロは彼女を見つめた。その頬に一筋の涙が伝い落ちるのを見て心が痛んだが、あえて無視した。「ぼくに対して特別な感情を抱いてほしいと頼んだ覚えはない」

「心配しないで。あなたに対する特別な感情はすっかり消え失せたわ」

「マーニー……おい！」

マーニーは車のドアを開けた。レアンドロが彼女の意図に気づいたときはもう遅かった。車の流れが止まった。レアンドロには、マーニーが舗道に飛び降りるのを止める手立てはなかった。

「マーニー、戻れ。落ち着いてくれ」

レアンドロは彼女がこれほど泣くのを見たことがなかった。雨の中、涙を流しながら立っている姿を見て、ひどく動揺した。

「あなたの近くにいるのはいやなの。火星に行けたとしても、足りないくらいだわ。あなたなんか大嫌い。二度と会いたくない」マーニーは叫んだ。

地下鉄の駅に走っていくマーニーを見て、レアンドロは悪態をついた。周囲の車が動き始め、彼も車を出さないわけにはいかなかった。仕事では交渉がうまいと評判なのに、どうしたことか。今は少し距離をおいて、マーニーが落ち着くのを待つしかなさそうだ。

レアンドロは自分が父に似ていることに気づいて、ひどく落ち着かない気分になった。シルヴェストロは仕切り屋で、誰もが自分に従うと思っている。実際、億万長者であるがゆえに、人々は父に従った。

レアンドロは悪態をついた。ＤＮＡ検査の結果が出るまで、マーニーを目の届くところに置いておきたかった。だが彼女は彼に二度と会いたくないと言い、今のところ、彼女の気持ちを優先せざるをえない。もし彼が父親だという結果が出たら、マーニーは彼と連絡を取ることになる。直接か、あるいは弁護士を通して。

少なくとも、マーニーの滞在先はわかっていた。マーニーがイートン・スクエアの家を出たあと、彼女に電話をかけ、郵便物を転送するためにいとこのフラットの住所をきいた。ここ二週間、毎晩ダリッチのフラットの外に車を止め、マーニーの部屋の明かりが消えるのを確認してきたのはなぜなのか、あえて考えるのはやめた。奇妙なことに、マーニーが安全だと確認したほうが、寝つきがよかった。

レアンドロの車から強引に降りたあの日以来、マーニーはよく眠れなかった。赤ん坊を渡せという彼の提案に、ひどく傷ついていた。彼はわたしを信用していない。金庫にあった宝石の盗難に関与していると思っているなら、なおさらだ。レアンドロに不当に疑いをかけられて、マーニーは万引きで捕まったときのことを思い出した。あれはひどい間違いだった。ルークを失った悲しみに打ち沈み、まともにものを考えられず、高級なハンドバッグを持ったまま店から飛び出してしまった。

警察はマーニーの無実を信じてくれなかっ

た。今回は汚名をすすぎ、わたしが宝石を盗んだのではないと証明したい。そのためには、兄のジェイクを捜さなくては。

ジェイクはたしか、スコットランドに行き、ロード・タノックの屋敷で働き始めると言っていた。インターネットで調べたところ、それはローモンド湖の湖畔にあるバロッホという町の近くだった。

グラスゴー行きの電車はロンドンを午前半ばに出た。

昨夜は眠れなかったため、マーニーは疲れ果てていて、座席に座ってまもなく眠りに落ちた。数時間後、マーニーはグラスゴー駅で車掌に起こされた。

「バロッホ行きの電車は、五分後に別のプラットホームから出ます」

「ありがとう」

深い眠りからまだはっきり目覚めていなかったが、乗り遅れてはいけないと思い、マーニーは慌てて頭上の棚から旅行鞄を下ろし、電車を降りてホームを走った。だが、バロッホ行きの電車が待っているホームに近づいたとき、ハンドバッグを今降りた電車に忘れてきたことに気づいた。

「いけない!」マーニーはつぶやき、人混みの中を引き返した。

ハンドバッグは座席の下に置いたはずだった。中には携帯電話や銀行のカード、電車の切符まで入っている。マーニーは脇腹が痛むのもかまわず、歩調を速めた。
「ちょっと失礼！」マーニーは行く手を遮ってきた通行人を避けようとした。その拍子に足が滑って転び、駅のコンクリートの床に頭がぶつかった。いやな音がした。

レアンドロは、何度となく携帯電話のメールを確認した。彼はフィレンツェの屋敷の庭に出て、ぶらんこに腰を下ろした。夕暮れどきは、ヴィラ・コリーナで過ごす一日のうちで、いちばん好きな時間だった。だが金色の夕日も、家の壁を覆うジャスミンの白い花や繊細な香りも、彼の気持ちをなごませはしなかった。DNA検査の結果を待っていたのだ。

一週間前から、レアンドロはここで劇場の修繕工事の監督をしていた。情熱を注いでいた仕事なのに、なぜか以前ほど興味を持てなかった。

レアンドロは、警備チームによるマーニーの調査レポートを読み直した。マーニーが言ったとおり、彼女には双子の兄がいた。五年前に死んだルークと、ジェイクだ。ただし、彼女が言わなかったことがある。ジェイクが窃盗罪で懲役二年の刑に処せられ、一年間服役したあと保護観察付きで釈放されたことだ。また罪を犯せば、すぐに刑務所に戻る羽目になる。

防犯カメラの録画映像と比較する写真がないので、マーニーがイートン・スクエアの家に招き入れた男が本当にジェイクだったのか、それとも恋人だったのかはわからない。もっとも、あの男が誰であれ、宝石を盗んだのは事実に違いない。問題は、彼女が盗みに関わっていたかどうかだ。マーニーは確かに金庫の暗証番号を知っていた、とレアンドロは沈鬱に考えた。

マーニーは、レアンドロと知り合ったときはバージンだったと言い張っていた。レアンドロも心の中ではそれが真実だとわかっていた。彼女にとっては初めてだったかもしれないが、ふたりが感じた信じられないほどの情熱が特別なものだったとは思いたくなかった。

携帯電話が鳴った。画面にＤＮＡ検査をした診療所の名前があるのを見て、レアンドロの鼓動が速まった。彼は大きく息を吸って電話に出た。短い会話のあとで通話を切り、レアンドロは片手で目をこすった。

なんてことだ。マーニーはぼくの子どもを身ごもっている。ぼくはまもなく父親になる。ヘンリーとは違い、この子は合法的にヴィアッリを名乗れる。

レアンドロは十年前、ヘンリーが生まれたときのことを思い出した。ニコルは高級な個人病院で帝王切開を受けることを選んだので、レアンドロは出産に立ち会わなかった。妻と子どもとの面会がかなったのは、出産の数時間後だった。

ヘンリーは小さくて、か弱く見えた。レアンドロはそれまで生まれたばかりの赤ん坊を見たことがなかったが、すぐ夢中になった。ヘンリーに感じた圧倒的な愛情を思い出すと、今もレアンドロは興奮と喜びを感じた。数カ月先にマーニーが彼の子どもを産んだら、誰にも渡さない。

そこでマーニーをどれほどひどく扱ったかを思い出し、たちまちレアンドロの幸福感は薄れた。心の中に苦悩が広がっていく。マーニーが、彼が子どもと会うのを許さないと言いだしたら、どうすればいいんだ？

マーニーは自分の姓で子どもの登録をするかもしれない。彼女が子どもをアメリカに連れていくと決めたら、ぼくにはそれを止めることができないだろう。親権争いに勝てるとはとうてい思えない。誕生日とクリスマスくらいしか子どもに会えないと思うと、耐えられなかった。

そして、マーニーが永遠にひとりでいるわけではないことに気づき、レアンドロは顔をこわばらせた。彼女は若くて美しい。ほかの男性と恋に落ちるチャンスはいくらでもあるだろう。もしマーニーが結婚したら、ほかの男がぼくの子どもの義父ということになる。

レアンドロは鼻梁（びりょう）をもんだ。鼓動が乱れふたりの結婚は、案外うまくいくかもしれない。結婚するカップルの多くが抱く期待がない分、友情に基づいた良好な関係が築けるかもしれない。体の相性がいいのも好都合だ。

レアンドロは最後にマーニーと抱き合ったときのことを思い出した。彼がパリの病院にいるヘンリーを見舞い、帰宅したときだった。金髪を枕に広げて裸で横たわる彼女は、とても美しかった。あのときマーニーにほほ笑みかけられ、心臓をわしづかみにされたかのような、奇妙な感覚に襲われた。もちろん、マーニーに対する感情は性的な欲望だけだ。だが、それだって結婚のための基礎になっていい。

ていた。子どもの親権を獲得する確実な方法は、マーニーと結婚することだ。彼は二度と結婚しないと誓っていたが、子どもに対する権利を主張するのに必要とあらば、どんなことでもするつもりだった。

だが問題がある。前回マーニーに会ったとき、彼女はぼくのことを大嫌いだと言い、それは本心のように思えた。ぼくは赤ん坊の父親について疑ったのだから、マーニーが怒って当然だ。今でも怒っているかもしれない。ここ一週間、ぼくの電話には一度も出なかった。だがどうにかして、子どものことがいちばん重要だと、彼女を説き伏せなければならない。

レアンドロはとにかく行動を起こそうと思い、まずはマーニーのために婚約指輪を買うことにした。一度はぼくを愛していたというのだから、なんとか説得できるはずだ。大富豪にプロポーズされてダイヤモンドの指輪を差し出されたら、どんな女性もあらがえまい。

「お帰りになってよかったです」

翌朝、フィレンツェから早い時間に帰宅したレアンドロを迎え入れながら、家政婦のベティが言った。

「警察の方が来て、早急にお話ししたいと言っていました。マーニーが入院しているそうです」

時間が止まった。レアンドロはおなかのあたりが重くなるのを感じた。「入院？　どうしたんだ？　事故にでも遭ったのか？」

赤ん坊は大丈夫なのか？

まずマーニーを心配し、赤ん坊は二番目だったことを、レアンドロは奇妙に思った。だが深くは考えず、警察官が家政婦に教えた電話番号にかけた。

驚くべき知らせだった。マーニーが、グラスゴーの駅で意識を失った状態で収容されたという。彼女はホームを走っていて転び、その後二日間意識不明で、身元のわかる書類を何も持っていなかった。ようやく意識が戻ったとき、彼女は警察に、レアンドロに連絡してくれと頼んだという。

警察官は、マーニーの健康状態についてそれ以上はわからないと言った。転んで二日間も昏睡状態に陥ったことが胎児にどんな影響を及ぼすのか、考えたくもなかった。レアンドロは心底恐ろしくなった。

彼はパイロットを呼び出し、一時間もたたないうちに自家用機でスコットランドへ向かった。パソコンを開いても、仕事に集中できない。マーニーがスコットランドへ行ったのは、ジェイク、もしくはほかの誰かに、宝石を盗んだのがばれたことを知らせるためだったのだろうか。

前回マーニーと会ったとき、彼女はレアンドロから離れたい一心で、渋滞している道路で車を降りてしまった。雨の中で涙を流しながら立っていた彼女の姿を思い出すと、レアンドロは胃のあたりが締めつけられるような感覚に襲われた。彼女はなぜ警察に、ノーフォーク州にいる親戚ではなく、ぼくに連絡するように頼んだのだろう。

グラスゴーの病院に着くと、レアンドロは小さな部屋に通された。

看護師が切りだした。「ミス・クラークはあなたが来て喜ぶでしょう。親戚の方にも連絡しましたが、最初にあなたに連絡するようにとのご希望でした」

レアンドロは看護師の言葉に当惑した。彼が部屋に入っていくと、マーニーはほほ笑んだ。ベッドで上半身を起こしているが、顔色は真っ青だった。

「レアンドロ！　ああ、あなたのことを覚えていてよかった」

「マーニー、無事でよかったよ」

マーニーの眉の上にある、痛々しい紫色の痣を見た瞬間、予想だにしなかった感情がレアンドロの胸に湧いた。彼女はひどく弱々しく見えた。彼はベッドに歩み寄り、マーニーをそっと抱きしめた。彼女の髪はレモンの香りがして、シルクのように彼の頬をくすぐった。レアンドロは圧倒される思いで、目を閉じた。

再び目を開けると、入院着の下にうかがえる腹部の丸みに視線が引きつけられ、レアンドロは息をのんだ。「赤ん坊は？」

「今朝、超音波検査をしたの。赤ちゃんは大丈夫ですって」

マーニーはレアンドロから身を引き、口元を震わせて言った。

「妊娠していると言われたときは、信じられなかった。妊娠したという記憶がないの。ほかにもたくさんのことが、思い出せない」

レアンドロは眉をひそめた。「どういう意味だ？」

マーニーの頬を涙が伝い落ちた。彼女は悲

しげで、怯(おび)えている様子だった。レアンドロは緊張した。マーニーが何を言っているのかわからなかった。不安を隠すようにして、レアンドロはベッドの端に腰かけ、マーニーの冷たい手を握った。

「落ち着くんだ、マーニー」

「どうして落ち着いていられるの？　レアンドロ……わたしは記憶を失ってしまったらしいの」

7

「逆行性健忘というんですって。脳に損傷を受けたときに起こるそうよ」

マーニーは、レアンドロが渡したティッシユペーパーで涙を拭きながら説明した。

「転んだときに頭を強く打って、頭蓋骨にひびが入って……。脳が少し腫れているけれど、時間とともによくなるはずで、脳外科のお医者さまの話では、たぶん記憶も戻るだろうって。でも、確証はないそうよ」

レアンドロは、自分の胸の鼓動を意識した。マーニーは大変な目に遭った。これ以上、刺激してはいけない。彼女は妊娠のことだけでなく、ぼくと喧嘩（けんか）別れをしたことも覚えていないらしい。

「最近のことでは、何を覚えている？」レアンドロは探るように尋ねた。

「数カ月間あなたの家に住んでいたのはわかる。あなたに食事に誘われ、ベッドをともにした」マーニーの青白い頰に、かすかに朱が差した。

レアンドロはうなずいた。「ぼくたちは恋人になって、きみは一年前にぼくの家に住むようになった」

「そんなに前から？　どこかの山小屋に行ったのを覚えているわ。きっと去年のクリスマスね。あなたにスキーを教わるはずだったのに、結局ずっと、暖炉の前で抱き合っていた……」頰の赤みが増した。

「何時間もね」

「一年間もつき合っていたなら、わたしたちは幸せだったのね？」マーニーは、なぜ一抹の不安を感じるのか、不思議に思いながら尋ねた。

レアンドロはほほ笑んだ。「もちろん幸せだった」

「わたしたちについて、思い出せないことがたくさんあるの。あなたは長時間働いていたし、わたしも勉強で忙しかった」

マーニーは問いかけるようにレアンドロを見てから続けた。

「わたしが大学で天文物理学を勉強していたのは知っていた？　天文学者になりたいという夢を、もうあなたに話したのかしら？　授業で習ったことは思い出せるけれど、最終試験に受かったかどうかはわからないの」

「きみは最優等学位を取ったよ」

「わたしが？　すごい！」マーニーは顔を輝かせた。

レアンドロは、NASAでの実習訓練プログラムの話が出るのを待ったが、彼女は何も言わず、彼も話すつもりはなかった。彼女が九カ月間カリフォルニアで勉強するつもりでいたことを話して、わざわざ事態を複雑にする必要はない。レアンドロは、彼女が夢を追いかけるために、アメリカに赤ん坊を連れていき、何時間も保育施設に預けるなど、許す気はなかった。自分の子どもには、彼自身とは違って、愛情をたっぷり感じて育ってほしかった。

レアンドロはマーニーの話に注意を戻した。

「たぶんロンドン西部の大学で勉強を続けるつもりでいたのでしょうけれど、具体的なことは何も思い出せないの。もっと悪いのは、妊娠しているのを覚えていなかったことよ」

マーニーは唇を噛(か)んだ。

「予定外の妊娠だったのかしら？　今の時期に、妊娠を計画していたとは思えない」マーニーはおなかをなでた。「でも、あと数カ月で赤ちゃんが生まれると思うと、どきどきするわ。父親になるとわかって、あなたはうれしかった？」

レアンドロは慎重に息を吐いた。「天にも昇る心地だったよ、マーニー。妊娠がわかったのは、まだ数週間前なんだ。確かに驚いたが、最高にうれしかった」

「あなたがどう感じたか、不安だったの」マーニーはほっとした様子でほほ笑んだ。

良心がとがめたが、レアンドロはあえて平然としていた。彼はギャンブラーだった。普通の男性なら怖じ気づくような危険を冒して、財を成してきた。マーニーの記憶喪失を利用するのは、とんでもないことではあるが、子どもを手に入れるためならなんでもするつもりだった。

「子どもが生まれるのが待ちきれないよ。だが、親になる前に、もうひとつ楽しみなことがある」

レアンドロはポケットに手を入れ、ベルベット地の小さな箱を取り出した。その指輪を買った、フィレンツェの宝石店の名前が記されている。

レアンドロが蓋を開けて、小石ほどの大きさのダイヤモンドを見せると、マーニーは小さくあえいだ。

「婚約指輪のサイズを直させていた。さあ、今度はぴったりだろう」彼はマーニーの手を取って指輪をはめた。

レアンドロはマーニーの驚いた顔を見つめた。彼女をだまして結婚させるなんて間違いだ――そんな心の声は無視した。

「きみが記憶を失う前に望んでいたとおり、結婚しよう」

「結婚ですって！　じゃあ、あなたにプロポーズされたのね。ごめんなさい、覚えていないの」マーニーは口元を震わせた。

「動揺は禁物だ。今から、新しい思い出を作っていこう。改めてきくよ、ぼくと結婚してくれるかい？」

マーニーは自分の指で輝く大きなダイヤモンドを見ていぶかった。なぜ心が浮き立たないの？　花嫁になる女性なら、そうなって当然なのに。レアンドロはわたしの返事を待っている。彼は緊張しているに違いないと思うと、マーニーは後ろめたくなった。

そこで、マーニーはぎこちない笑みを浮かべて言った。「もちろん、答えはイエスよ。でも、本当にいいの？　わたしの記憶が戻らなかったらどうするの？」

「時間がたてばきっと戻るよ」

最近のぼくの言動をマーニーに思い出してほしくない――そう思うのは自分勝手なこと

だとレアンドロは自覚していた。だが、もしマーニーの記憶が戻ったら、結婚を承諾させるのは大変な作業になる。

レアンドロはマーニーの手を持ち上げて、甲に唇を押しつけた。そして、この女性を幸せにすると心の中で誓った。

運命はぼくに味方した。マーニーは、赤ん坊がぼくの子どもだと証明するため、ぼくがDNA検査を要求したことを覚えていない。それを思い出させる意味もない。ふたりは熱愛の末に結婚するのだと、マーニーには信じさせておこう。ぼくの便宜のために結婚するとは、思いもしないだろう。

「退院したら、フィレンツェの屋敷に行こう。そこで養生し、一カ月後の結婚に向けて準備を進めよう」

マーニーは眉間にしわを寄せて、レアンドロとともに立てていたらしい結婚の計画を思い出そうとした。だが記憶には靄がかかったままだった。人生のうちの数カ月間を失うなんて、奇妙な気分だ。頭の中にカーテンが下がっているみたいだ。過去の断片が見え隠れするけれど、すぐに隠れてしまう。

確信できるのは、レアンドロと同居するようになってすぐ、彼に恋をしたということだ。カクテル・バーで働いているときや大学の講義中、ずっと彼のことを考えていて、恋に夢中な十代の少女のように、彼の帰宅を待ちわびた。ときには、玄関ホールで愛し合ったこともあった。ふたりの激しい欲望を思い出し、マーニーは頬を赤らめた。

妻になってくれと言うくらいなのだから、レアンドロもわたしに恋をしているに違いない。婚約指輪にはまったくなじみがないけれど、彼はサイズを直す必要があったと言っていた。だから、わたしはそれをつけたことがなかったのかもしれない。

不安に駆られてマーニーは言った。「記憶が戻るまで、結婚を延期したほうがいいんじゃない？」

レアンドロが緊張したように見えたのは、気のせいかしら？　彼はすぐに魅惑的な笑みを向けてきた。彼はとてもハンサムで、灰色の目に優しい表情を浮かべている。マーニーはその笑みに魅了され、漠然とした不安はおのずと消え去った。

「記憶が戻らない可能性もあるんだよ。赤ん坊は数カ月のうちに生まれてくる。子どもが嫡出子であること、きちんと結婚している両親のもとに生まれることに、大きな意味がある。ぼくは家族を作りたい。きみも同じ気持ちだと思っていた」

「そうね」マーニーはレアンドロの言葉に感銘を受けた。彼と生まれてくる子どもとで家族を作るという考えはすばらしい。マーニーの子ども時代は、父親が家を出たあとは、幸せとは言えなかった。それだけに、自分の子どもには安全な環境で安心して暮らしながら成長してほしかった。

マーニーは疲労感を覚え、目を閉じた。意識を取り戻してからずっと続いている頭痛がひどくなってきた。

「そのとおりだわ。どんなものか思い出せないけれど、結婚の計画をそのまま進めましょう。わたしの事故のせいで台なしにはしたくないもの。でも、準備はあなたに任せなければならないわ」

「すべて、ぼくがやるよ」

マーニーを自分の妻にする計画の第一段階がうまく進み、レアンドロは満足した。二十八日という最低の日数で結婚できるよう、必要な書類をすぐさま手配しなくては。

マーニーが目を閉じる様子を見守りながら、優しさめいた不慣れな感情がレアンドロの胸に湧き起こった。彼女に上掛けをかけてやりたかった。それは子どもへの気遣いだ、と彼は自分に言い聞かせた。

マーニーが眠ったと思い、レアンドロは音をたてないようにしてドアに向かった。だが廊下に出ようとしたとき、背後でマーニーの声がした。

「レアンドロ、わたしを愛してる？」

彼は一瞬ためらい、小声で答えた。「そうじゃなかったら、結婚を申しこむはずがないだろう？　さあ、ゆっくり休むんだ、マーニー。医師に、いつフィレンツェに行けるかきいてみる」

あまりロマンティックな答えではなかった。わけもわからずこみ上げる涙をこらえ、マーニーはレアンドロの後ろ姿を見送った。彼がキスをしてくれればよかったのに。あるいは、もっと情熱的に愛していると言ってほしかった。だけど彼は、看護師に注意されているのかもしれない。患者を興奮させないようにと。

脳外科医は、頭の怪我をしたあとは感情的になりがちだと言っていた。だから、わたしは泣きたいのだろう。記憶が欠落していると いうのは恐ろしいことだ。事実、レアンドロは愛し合っている婚約者というより、見知らぬ他人のように見えた。

マーニーは手を上げ、大きなダイヤモンドの指輪を見た。プロポーズをしたのだから、レアンドロはわたしを愛しているに違いない。しかしマーニーは、彼とのあいだに何か秘密があるような気がしてならなかった。

横を向いたとき、おなかのあたりが震えるような感覚があった。マーニーは息をのみ、そこに手を添え、かすかだが確かな動きを感じた。赤ちゃんが動いた！　看護師が、妊娠四カ月半くらいで胎児の動きを感じられると言っていた。突然、妊娠が現実味を帯びた。

新しい命がわたしの中で育っている。母親になるという奇跡のような事実に、マーニーは圧倒される思いだった。

彼の子を身ごもったと話したとき、レアンドロはどんな反応を示したのだろう。どうして、彼が怒ったような気がするの？　今は喜んでいるようだけれど。もうすぐ母親になるとわかったショックがおさまれば、わたしももっとリラックスできるだろう。

だが枕に頭をのせたとき、マーニーは孤独感に襲われ、自分の将来に恐怖を覚えた。

ヴィラ・コリーナはフィレンツェの市街を見下ろす丘の上にあり、テラスから見える歴史的な町並みやトスカーナ地方の風景はすばらしかった。

「ここには前にも来たことがあるの？　こんな美しい場所を覚えていないなんて、信じられない」マーニーは言った。

事故から二週間近くたつのに、まだ記憶が戻らないことに、マーニーはいらだちを隠せなかった。

「一緒にフィレンツェに来たのは初めてだ。記憶喪失を気に病むのはやめるんだ。ストレスは赤ん坊によくない」レアンドロはなだめるように言った。

「何カ月かの記憶がすっぽり抜け落ちるのがどんなものか、あなたにはわからないわ」

ため息をついて、マーニーは屋敷の庭を見まわした。芝地のまわりを、遅咲きのラベンダーが取り巻き、芳香を放っている。静けさを乱すのは蜂の羽音だけなのに、マーニーは穏やかな気持ちになれなかった。

マーニーは、ロンドンのレアンドロの家に帰ることが記憶が戻るきっかけになるかもしれないと思った。だが彼はフィレンツェでの劇場修繕プロジェクトに戻る必要があった。レアンドロは、きみのそばにいて目を配っていたいと言って、一緒にイタリアへ行くよう説得したのだ。

レアンドロの気遣いをマーニーはありがたいと思った。彼は常に彼女の健康を心配してくれる。それはうれしいものの、ときどき、彼はマーニーではなく子どもを心配しているのではないかと思うことがあった。

おかしな考えを脇に押しのけ、マーニーはレアンドロを見た。彼は毎日病院に見舞いに来てくれた。三つぞろいのスーツ姿の彼はとてもすてきで、看護師たちが称賛のまなざしで彼を見る様子に、マーニーはいらだったものだった。今日の彼は、ヒップハングのジーンズと明るい青のデニムシャツというラフな服装で、やはり魅力的だった。暗い色の髪は風に吹かれて乱れ、顔は午後の陽光を浴びて彫りの深さが際立っていた。

レアンドロほどのハンサムで洗練された男

性から結婚を申しこまれたことが、マーニーは不思議でしかたがなかった。

「あなたのことを、全然知らないような気がするわ。たとえば家族のことを聞いたはずなのに、まったく思い出せないの」

マーニーは三階建ての優美な屋敷のほうを見て続けた。

「どうしてこの家を買ったの？　このあたりで生まれたから？」

「実は、ぼくたちはお互いの家族のことをあまり話さなかった」

レアンドロは、少しはマーニーに自分のことを打ち明けなければならないと考えた。なにしろ、マーニーは彼の妻になるのだ。

「ぼくはニューヨークで生まれ育った。父方の祖父がナポリからアメリカに移住し、不動産開発業を始めたんだ。祖父が亡くなったあと、父がその会社を引き継ぎ、ヴィアッリ・ホールディングスとして大きくした」

マーニーは過去を振り返ろうとして、眉をひそめた。「あなたのご両親にお会いした覚えがないわ」

「母は死んだ。父は、仕事の関係以外ではめったに人と会わない」レアンドロはそっけなく応じた。

レアンドロはマーニーを屋敷の中へといざなった。室内は淡い灰色の大理石の床と白漆喰の壁から成り、陽光あふれる庭とは対照的にひんやりとしていた。

「この家は母が育った家なんだ。両親はぼくが七歳のときに離婚した。ぼくは父に引き取られたが、休暇にはここに来て、母方の祖父母と過ごした。舞台の仕事がないときは、母のジュリエッタも合流した」

マーニーの頭の中で何かが動いた。「ああ、あなたのお母さまはジュリエッタ・ファーゴだったわね」

レアンドロがうなずくのを見て、マーニーは興奮した。

「どうしてそれを覚えていたのかわからないけれど、記憶が戻ってくる予兆かも」

レアンドロは慎重に応じた。「母は国際的なスターだったから、誰でも名前を知っている。専門医は、きみの記憶が戻るのに何カ月も、あるいは何年もかかるかもしれないと言っていた。最悪の場合、戻らない可能性もあると。それでも別にかまわない。なんとか折り合いをつけていこう」レアンドロはマーニーの手を握り、屋敷の中を進んだ。「部屋を案内するよ」

マーニーは屋敷の家庭的な雰囲気が気に入った。色鮮やかな敷物やトスカーナ地方の風景画が、部屋に魅力を添えている。

広い階段をのぼる途中で、マーニーは踊り場で足を止め、十歳くらいの少年と長い黒髪の女性の写真を見た。「お母さま？　きれいな方ね。ご両親の離婚のあと、どうしてあなたはお父さまと住むことになったの？」

「母は仕事柄、いつも世界中を飛びまわっていた。実際、なかなか母には会えなかったよ。ぼくが祖父母のところにいるあいだに合流できるよう母も努力はしていたようだが、常に舞台が優先された」

レアンドロの口調に苦々しさはなかったが、マーニーは少年時代のレアンドロの写真を見て、その灰色の目に寂しさと弱々しさを感じて胸が痛んだ。

「この小さな女の子は誰？」マーニーは写真の中の幼い少女を指さした。

「義理の妹のステファニーだ。離婚したあと、母はフランス人の実業家と関係を持ち、娘を産んだんだ。ぼくを父に任せたように、ステファニーのことはステファニーの父親に任せた。子どものころは、母がヴィラ・コリーナに連れてきたときに会うだけだったが、二年前にステファニーの父親が亡くなって以来、親しく行き来している」

レアンドロは若くて美しい女性の写真を手にした。

「これは去年撮ったステファニーの写真だ。今はパリで、モデルとして活躍している」

ステファニー……。マーニーは、なぜかこの名前に聞き覚えがあった。「今までにも、義理の妹さんの話は聞いたかしら？」

「たぶんしていない。さっきも言ったとおり、あまり家族の話はしなかったんだ。きみに双子の兄がいて、そのひとりは亡くなったということも、ぼくはつい最近知ったばかりだ」

レアンドロは多少含みのある口調で言った。

「ルークの死は、忘れてしまいたい記憶だわ。長いあいだ、もうルークに会えないということをなかなか受け入れられなかった。一度なんて……」

「なんだい?」レアンドロは促した。

「すごくいやなことがあったの。お店にいて、窓の外にルークの姿が見えた気がしたのよ。手にしていた売り物のハンドバッグを持ったまま、外に飛び出してしまった。それで万引きだと思われて、捕まったの。兄たちに会えなくて悲しいわ」

マーニーはレアンドロと母親、そして腹違いの妹の写真を見ながら、ふと思った。彼の子ども時代はわたしより幸せではなかったのではないかと。

「父は、わたしが十一歳のとき、ブルガリアの女性と一緒になったの。最初のうちは電話をくれたけれど、しばらくすると連絡は途絶えてしまった。わたしは自分の子どもと離れて暮らすつもりはないわ」

過去について話しているうちに、自然と将来への不安が頭をもたげた。

「あなたと結婚するのが正しいことだといい

のだけれど。記憶喪失のせいで、あなたが見ず知らずの他人のような気がするの」

マーニーは正直に打ち明けた。指につけている婚約指輪をいじりながらさらに続ける。

「たとえばこの指輪だけど……こんなに大きなダイヤモンド、わたしらしくない。すごく高価なのはわかる。でも、自分ならこんなに派手な指輪は選ばないと思う……」

レアンドロが選んだ指輪なのかもしれないと思い、マーニーは言葉を切った。

「感謝していないわけじゃないのよ。本当に心配なのは……記憶が戻らなくても、結婚生活はうまくいくのかしら？」

マーニーが身ごもっているのは彼の子どもだとわかる前に、レアンドロはマーニーに辛辣な言葉を投げつけた。その記憶は戻らないほうが結婚はうまくいくだろう。彼はなんとか彼女を安心させようとして言った。「もちろんうまくいくよ、マーニー」

それでもマーニーの顔には釈然としない表情が浮かんでいた。もし結婚後に記憶が戻ったら、マーニーは子どもを連れてレアンドロのもとを去る可能性もあった。親権争いになれば、彼のほうが法的に有利かもしれない。だが、子どもに両親の離婚というトラウマを与えたくなかった。レアンドロは自分の両親が別れたときのショックを、いまだに覚えていた。我が子には、愛情深い思いやりのある母親のもとで育ってほしい。マーニーが、そうなると言っているとおりの母親に。そのためにも、この結婚がうまくいかなくては困る。マーニーには、ぼくが彼女に恋をしていると思わせておかなければならない。

レアンドロは廊下を進み、主寝室へとマーニーを連れていった。ベッドを目にして、マーニーが頬を染めた。

「確かにその指輪は大げさだった。男にとっては大きさが重要で、自分の妻になる女性への思いの深さを示そうとして、つい大きなものを選んでしまう。きみがもっとさりげないものを好むことに気づくべきだった」

マーニーはレアンドロの愛人だったとき、高価な服や宝石類にまったく興味を示さなかった。彼女はもっと素朴なものを好んだ。春に彼が庭で摘んだラッパスイセンのようなものを。

「きれいな指輪だわ。あなたを傷つけるつもりはなかったの」マーニーは小声で言った。「きみがぼくを傷つけるようなことはけっしてない」

レアンドロはマーニーを安心させようとしてそう言ったものの、内心では、彼女に対して特別な感情は抱いていないから傷つきもしないのだと考えていた。だがそれは間違っていた。彼は欲望を感じていた。ほかの女性に対しては感じたことがないほどの、熱い欲望が体の奥で燃えていた。

マーニーの顔色が多少はよくなったので、レアンドロはうれしくなった。こめかみの傷跡も消えかけている。彼はマーニーを、スコットランドからロンドンの個人病院へと転院させた。入院中は、彼女に最高の治療を受けさせることだけを考えていた。だが今、彼の視線はマーニーの金髪から赤く染まった頬、そして丸みの増した胸へと引きつけられた。

レアンドロはマーニーの、腰のくびれが好きだった。妊娠してふくよかになった体を見て、彼の体は予想どおりの反応を示していた。マーニーの着ているワンピースの布地が、おなかのあたりで引っ張られている。自分の子どもが入っているそのふくらみに触れたかった。ワンピースを脱がせ、両手で胸に触れるところを想像し、興奮のあまり体が震えた。

レアンドロはマーニーの髪を後ろになでつけた。「今日は忙しかった。夕食の前に、一時間ほど横になったらどうかな?」

「別に疲れていないわ。ようやく頭痛がおさまって、気分がいいの」

「だったら、ふたり一緒に横になるのはどうだ?」

「えっ」マーニーは息をのんだ。レアンドロの目が輝いているのを見て、彼の意図を理解した。

マーニーの胸の内で、興奮と安堵(あんど)が入り混じった。入院中、レアンドロは親切で優しかったが、恋人というよりは兄という感じがした。まだ彼に女性として求められているのかどうか、不安でたまらなかった。

レアンドロはマーニーに顔を寄せ、官能的なキスをした。キスは深く、激しくなり、レアンドロもまた彼女と同じくらい欲望を感じていたことがわかった。マーニーは彼の顔に触れ、指先で、せり出した頰骨やがっしりした顎のラインをなぞった。顎髭が伸び始めていて、ざらざらした感触は不思議なくらいなじみ深かった。

この人のことを知っている、以前にも彼に触れたことがあるとわかって、マーニーの心は高ぶった。アフターシェーブローションの香りが記憶を刺激する。マーニーはキスに心を奪われた。

「ぼくたちは見知らぬ他人じゃないよ、マーニー。きみの体がぼくを知っている。会った瞬間に燃え上がった情熱を覚えてる」

レアンドロは彼女をぎゅっと抱きしめた。マーニーは過去を思い出せないことを心配するのをやめて、現在に意識を集中した。張りつめた胸が重く感じられる。レアンドロが察しよくワンピースから胸を解き放つと、マーニーは喜びのため息をもらした。近いうちにマタニティ服を買わなければ、とふと思う。

しかしレアンドロが彼女のブラジャーを取り、

敏感になっている胸の先をなでた瞬間、全身に興奮の震えが走り、何も考えられなくなった。

マーニーは妊娠で体型が崩れたことを不安に思っていたが、レアンドロは少しも気にする様子を見せず、ワンピースの裾をたくしあげて下着を下ろした。

「会えなくて寂しかったよ、マーニー」

レアンドロはかすれた声で言い、再び激しいキスをした。だが、マーニーは彼の言葉が気になった。

「どうして会えなかったの？　事故の前はわたしたちは一緒に住んでいたのよね？」

レアンドロの体がこわばったように感じたのは、わたしの気のせいかしら？

「きみが入院しているあいだの話だ」

それ以上マーニーが何か言う前に、レアンドロは唇を重ねて彼女の体をまさぐった。マーニーは彼の手の動きに、すべてを忘れた。

レアンドロがマーニーの前に膝をつき、彼女の腹部に唇を押しつける。

「今朝も赤ちゃんが動くのを感じたわ。まだかすかな動きだけれど、赤ちゃんがもっと大きくなったら、わたしのおなかに手を当てれば、あなたも動きを感じることができる……もしそうしたければ、だけど」

レアンドロは子どもができてうれしいと言ったが、今回の妊娠は計画外のことだったと認めていて、マーニーには、彼が本当はどんな気持ちでいるのかわからなかった。

「赤ん坊のことは、どんなことでも一緒に経験していきたい」

レアンドロは欲望とともに、それまで自分にあるとは知らなかった優しさも感じていた。

彼は立ち上がり、真顔になってきいた。

「こんなことをして大丈夫なのか？　赤ん坊のことが心配なら……」

「赤ちゃんは大丈夫よ。退院するときに、普通の生活をするようにと言われたわ。わたしがしたいと思えば、セックスもまったく問題ないんですって」

マーニーはレアンドロのシャツのボタンを外し、たくましい胸をあらわにした。

「あなたが欲しい」

「優しくするよ、マーニー」レアンドロは言い、彼女を抱き上げてベッドに横たえた。

マーニーは、レアンドロがジーンズと下着を脱ぐさまを見守った。筋骨たくましい体を見て、マーニーの体の奥が熱くとろけた。脚を大きく開いて彼を待ち受ける。しかし彼はじらし、胸の先を片方ずつ口に含んで刺激した。その一方で、脚のあいだに手を滑りこませ、巧みに指を動かしてマーニーの興奮をあおった。

マーニーは腰を押し出し、うめくように言った。「お願い。優しくなんかしないで」

レアンドロはイタリア語で何かつぶやいて、ゆっくりとマーニーの中に入っていった。数センチずつ、マーニーが叫びだしたくなるほどの速さで彼女の中を満たし、彼女の体も心も我がものにした。

マーニーはこの感覚を記憶していた。レアンドロはいったん身を引き、もう一度、より深く押し入った。マーニーは彼の肩の筋肉に爪を立てて促した。もっと早く、ふたり一緒にのぼりつめたい、と。

マーニーは心の中で、レアンドロこそが生涯をかけて愛する男性だとわかっていたが、なぜか口に出して愛していると言うのははばかられた。その代わり、彼の首に顔を押しつけたまま彼の名をささやいた。レアンドロはさらに深く貫き、ふたりは同時に、息を切らしながら喜びを爆発させた。

しばらくして、レアンドロは彼女の顔にかかっている髪をのけて、そっとキスをした。だが、マーニーが聞きたい言葉を口にすることはなかった。レアンドロの体が離れたとき、ふたりのあいだの距離は数センチのマットレスよりもはるかに遠いように思え、マーニーは涙ぐみ、慌てて彼から顔をそむけた。だが、あふれだす感情を隠せはしなかった。

「泣いているのか、マーニー？　痛かったのかい？」

「違うの。いろいろ思い出せないことがあるのが、いやでたまらないの。あなたと幸せにしていたのなら、どうしてわたしはスコットランドにひとりで行ったのかしら？　どうしてグラスゴーの駅にいたのか、まったくわからない」

　レアンドロはわずかの間をおいてから言った。「きみはお兄さんのジェイクに会いに行ったんだ。ジェイクは新しい仕事のためにスコットランドに行く前に、ロンドンの家に来た。ジェイクがイートン・スクエアの家に来たことを何か覚えているか？」彼はじっとマーニーを見つめた。

「ジェイクがわたしに会いに来たの？　ああ、少しでも思い出せたらいいのに」マーニーの目にまた涙がにじんだ。指にはめているダイヤモンドの指輪を見ながら続ける。「婚約したことをジェイクに話すためにスコットランドに行ったのかしら。結婚式では、ジェイクに会えるわね。もちろん兄も招待しているんでしょう？」

「ごく小さな、内輪の式にしようと思っている。ぼくたちふたりと、証人として友だちをふたり呼んでいるだけだ」レアンドロの警備チームは、ジェイク・クラークの居場所も、盗まれた宝石の在り処も、まだ突き止めることができないでいた。

　マーニーは眉をひそめた。「小さな結婚式でいいとは思うけれど、おばさんやおじさん、いとこのジェマは、ぜひ招待したい。ジェイク以外で、わたしに残されている数少ない親戚だし、おばさんはウエディングドレスを着たわたしを見たがるはずよ」

マーニーは、レアンドロが驚いたような顔をしているのに気づいた。

「そういえば、ウエディングドレスは決まっているのかしら？　あと一カ月で結婚式でしょう、選んでいなければおかしいわよね」

「サイズが変わるかもしれなかったから、結婚式の間近まで、ドレスは決めないことにしたんだ」

レアンドロはうまい言い訳を思いつき、それを口にした。結婚式を挙げる予定のロンドンのホテルに、マーニーの親戚を招待することにしよう。ぼくが本気で結婚したいと思っていると、マーニーに信じさせなければならない。実際、本気でしたいんだ、と彼は自分に請け合った。

とはいえ、良心がうずいた。防犯カメラの録画映像で、マーニーが男を家に入れるのを見たとき、レアンドロは男がマーニーの恋人で、彼女が宝石泥棒の手引きをしたに違いないと一度は疑った。だがマーニーは盗みについては何も知らないと言い張り、レアンドロも、彼女は無実なのかもしれないと思い始めていた。兄が死んだ直後の万引きが間違いだったのと同じく。

それに問題の男も、マーニーの恋人ではなく、兄のジェイクのようだ。マーニーが身ごもっているのはぼくの子どもだという科学的な証拠があり、録画映像を見るまでは、彼女の浮気を疑う理由はなかった。それでも、ぼくがマーニーに浮気と窃盗の疑いをかけていたと知ったら、彼女はぼくとの結婚を拒否するだろう。

レアンドロとしては、マーニーの記憶が戻らないまま、翌月にイギリスで予定している結婚式を滞りなくおこなえるよう祈るばかりだった。

8

「どうして古い劇場の修繕をしようと思い立ったの？」

フィレンツェに来てから一週間ほどしたある日の午後、マーニーはレアンドロに尋ねた。

ふたりは市街を見渡せる、ミケランジェロ広場のカフェテリアの椅子に腰を下ろし、カフェラテを飲んでいた。そこからは、ドゥオーモのテラコッタ・タイルの屋根が見えた。

その日の早くに、ふたりはくだんの劇場を

訪れた。レアンドロは、すっかり放棄されていた十八世紀のその建築物を購入し、修繕をして過去の栄光を取り戻そうとしていた。

「金のためだ」

レアンドロは、驚いた顔をしているマーニーに向かってにやりと笑った。

「ロマンティックな理由で古い建物を救おうとしているなどと、思わないでくれ。ぼくは実業家だ。収益が見こめると思われる劇場しか、修繕はしない」

マーニーは彼をじっと見た。「本当にそうかしら。修繕中の建物のまわりを歩きまわっていたでしょう。あなたは古い建物が好きなんだって、すぐにわかったわ」

「確かに、すばらしい建築だと思う」レアンドロは少し間をおいてから、皮肉っぽく言った。「まあ、あの劇場は特別な意味があると認めよう。あそこは母が、世界的なスターになる前、オペラ歌手としてスタートを切った劇場なんだ」

「お母さまはどんな方だったの？　大スターよね。お母さまが主役のミュージカル映画を見たけれど、すばらしい歌声だった」

「母は才能に恵まれていた。舞台の上でも舞台を離れても存在感があり、人々を引きつけてやまなかった。母がほほ笑んだだけで、誰もが母に夢中になった。ぼくも含めて」

レアンドロは笑ったが、マーニーは彼の声

に悲しみを聞き取った。

「ぼくは母が大好きで、小さい時分は、母に愛してもらいたいと願っていた。けれど、母は自分以外の誰かを本気で愛したことはなかったと思う」

「子どもにとっては親の愛情を感じることが何より大切よ。わたしの母はひどい鬱病で、わたしや兄たちの世話をできなかった。母が不幸なのは自業自得だと思ったこともあった。わたしがいい子でいれば、母は泣かないし、父は戻ってくるかもしれない——そう思って、ものすごくいい子にしていたの」

マーニーは物心がついてからこれまで、ずっと他者を喜ばそうとしてきたことに気づいた。そのせいで自信を失ってしまった。

「自分の子どもは、わたしたちがどんなときも無条件に愛していると感じて、安心して育ってほしい」

「同感だ」

レアンドロは、息が止まるような魅力的な笑みを見せた。マーニーがときどき感じる、彼との関係にまつわる不安は、すぐさま消え去った。

マーニーは広場を歩きながら、通りすがりの女性たちがレアンドロを見るのが気に障った。黒いジーンズとポロシャツを着て、サングラスをかけた彼は、映画スターのようだ。なぜ彼のように魅力的な男性がわたしみたいな平凡な女と結婚することにしたのだろう？

マーニーが眉をひそめているのに気づいて、レアンドロが声をかけた。「どうした？　疲れたのか？　帰って、少し横になって休んだほうがいいかもしれない」

マーニーは笑った。「しょっちゅう横になっているけれど、必ずしも休んでいるとは限らないわね」

レアンドロがサングラスを外し、いたずらっぽく目を輝かせて彼女を見た。マーニーは思わず息をのんだ。

「ポンテ・ヴェッキオの近くにある子供服を売っていた店に、また行ってもいい？」

「もちろんだ。けれど、少しでも疲れたと思ったら、ジェラートの店で休むんだよ。もうひとつアイスクリームを食べればいい」

「そんなに食べていたら、とんでもなく太っちゃう」

「かまうものか。妊娠したきみはすてきだ」

からかわれていると思い、マーニーは彼をにらんだ。ところがレアンドロは、目に不思議な表情を浮かべて彼女を見ていた。時間が止まり、混み合った通りの喧騒が消える。

「ああ、記憶が戻ってほしい」マーニーはいらだって言った。

「重要なのは将来で、過去じゃない。夫婦、そして子どもの親として、ふたりの将来を考えていこう」

いったいどうしたんだ？　レアンドロはマーニーを店にいざないながら、自問した。母親に関する話をするのは、レアンドロらしからぬことだった。だがマーニーは聞き上手で、レアンドロはほかの女性にはしたことがないのに、彼女には自分の話をしていた。

マーニーはつらい幼少時代を過ごし、兄の死という悲劇に見舞われたが、彼女自身に暗さはない。親切で優しく、良識のある女性だ。

彼女を妻にしたい本当の理由を明かさずに、急かして結婚させるのは不当だ。けれどレアンドロは、彼女を幸せにするつもりだった。子どものためだけに結婚したとは、絶対に気づかせない自信があった。

ふたりは、以前マーニーが最高にかわいいベビー服を買った店を訪れた。今回は、マーニーは繊細なニットのショールを買った。

「赤ちゃんが生まれるのは冬だもの」マーニーはレアンドロに説明した。

ふたりはアルノ川に架かる有名な橋、ポンテ・ヴェッキオを渡った。車を止めてある場所へ戻る途中で、マーニーは店に立ち寄ってミネラルウォーターを買った。財布の中をのぞきこんで、彼女は眉をひそめた。

「ショールを買った店で、お釣りが五ユーロ多かったみたい。返しに行かなくちゃ」

「たったの五ユーロだろう。それくらい、ふっかけられていたかもしれない。旅行者相手だと、高く売りつけるんだ。それに、店まで戻るのは大変だ」

だがマーニーはすでに橋のほうへ戻り始めていた。「五ユーロは、お金持ちにとっては少額かもしれない。でも、わたしのお金じゃないし、返しに行くのが筋よ。あなたはカフェで待っていて」

すると、レアンドロは彼女の腰に腕をまわした。「もちろん、一緒に行く。でもこれほど歩いたんだ、あとでゆっくり昼寝をするんだよ」

店に戻るあいだ、五ユーロを返そうとする者が盗みを働くだろうかとレアンドロは思案した。マーニーはいつでも正直で、宝石類を盗んだとはとうてい思えなかった。だが、兄をかばっている可能性は？　いずれにしても、マーニーは宝石の盗難のことを忘れている。

レアンドロが盗難の件でマーニーを責めたとき、彼女が泣いていたのを思い出し、彼は罪悪感に駆られた。間違っていたらどうするんだ？　ああ、彼女がこのまま記憶を取り戻さないといいのだが。さもないと、気まずいことになる。

季節が夏から秋へと移ろうあいだ、晴天が続き、木々の葉は黄金色に変わり始めた。ほとんど毎晩、テラスで夕食をとれるほど暖かい日が続いた。風のない夜には、テーブルにろうそくをともすこともあった。

「どうして天文学が好きになったんだ？」

ある晩、レアンドロは尋ねた。マーニーの髪がろうそくの光を受けて金色に輝いている。彼女は日を追って美しくなる。妊娠したことで体が丸みを帯び、それがとても官能的で、レアンドロは彼女をいくら抱いても飽き足りなかった。

マーニーは夜空を見上げた。黒いベルベットのような空に銀色の月がかかり、無数の星がまたたいている。

「幼いころ、夏になると、父が兄たちと一緒にキャンプに連れていってくれたの。夜になると、星を全部数えようとした」マーニーはほほ笑んで続けた。「ときどき夜空を仰いで、父のことを思い出すことがある。父はブルガリアで別の家族を作った。そこの子どもたちもキャンプに連れていって、星の話をしているのかしらって」

「お父さんがいなくなって、残念だったね」

「すごく寂しかったわ。家での煩わしいことを忘れるために、一生懸命勉強したのかもしれない。宇宙はすごく広くて、人間の心配事なんか些細(ささい)なことに思えてくる」

マーニーは庭に出て、明かりのあるテラスから遠ざかっていった。

「プールに落ちるなよ。月が出ていても、庭は暗い。外灯をつけようか」レアンドロはマくなってから、お父さまのもとで育ったと言っていたわよね」

レアンドロは、めったに父親の話をしなかった。

「ぼくは何人もの育児専門家によって育てられた。彼らは幼少期のぼくの行動を把握し、父がヴィアッツリ家に不都合だと考える特徴を、うまく取り除いてくれた」

レアンドロの口調は皮肉に満ちていた。マーニーは、踊り場を通るたびに目にする写真の中のレアンドロを思い出し、その寂しげな表情を思った。「お父さまは、息子に愛情たっぷりに接したわけではなかったようね」

「父はふたつのものを愛している。金と力だ。

ーニーを追いかけながら言った。

「いいえ。光がないほうが、星がよく見えるの」

マーニーは顔を上げた。友だちのようになじみのある星座がたくさん見える。

「いつか欧州宇宙機関で働きたいと思っていたけれど、赤ちゃんが小さいうちは、しばらくおあずけね」

ずっと抱いていた夢を思い、マーニーの胸に一抹の後悔が生じた。子どもができたのはうれしい。けれど、母親になるのは怖かった。彼女の両親は、どちらもあまりいい手本にはならない。

「お父さまとは親しいの？　お母さまがいな

親子の絆（きずな）を求めたりせず、ぼくを管理しようとした。あまり愛情があるとは言えない」

　ぼくの最初の結婚にも愛情が欠けていた、とレアンドロは陰鬱に考えた。ヘンリーがレアンドロの子どもだと思いこませるというニコルの裏切りを知ったあと、彼は感情を封印し、心の中を誰にも見せないことに決めた。

　美しい金髪を持ち、茶色の目に欲望をたたえた女性に対しても。とりわけ、彼女には感情を見せるわけにはいかない。

　ジャスミンの香りがレアンドロの鼻をくすぐった。緑豊かな庭から漂ってくるに違いないとレアンドロは自分に言い聞かせた。それでも、マーニーに近寄らずにはいられなかった。彼女の肌の、甘いジャスミンの香りを吸いこんだとたん、レアンドロは胃のあたりがきゅっと締まるのを感じた。

　マーニーは喜んで彼に抱き寄せられた。レアンドロに良心があれば、後ろめたさを覚えただろう。だが彼はマーニーをフィレンツェに連れてきた際、彼女の心を奪うつもりでいた。どんな女性が相手でもそうだったが、彼は自分にはそれができるとわかっていた。

　キスをしたとき、唇を重ね合わせたまま、マーニーもそれを認めたようだった。レアンドロが指先を巧みに動かすと、彼女は喜びのため息をもらした。

　レアンドロはその場でマーニーの熱い体の

中に押し入った。マーニーは彼のうなじに顔を押しつけ、愛していると繰り返しささやいた。レアンドロは自らの欲望を制御し、何度もマーニーを絶頂へと導いた。そのたびにあがる悲鳴を聞いて、彼は確信した。ぼくは彼女の心をつかんだと。

実のところ、マーニーを満足させておくのは簡単だった。フィレンツェの観光をしたときも、マーニーは彼と一緒にいること以外、何も望まなかった。レアンドロはこの町が好きで、マーニーを連れてドゥオーモやウフィッツィ美術館を訪れ、ミケランジェロやダ・ヴィンチの作品を鑑賞して楽しんだ。ほかの恋人たちと同じく、手をつないでポンテ・ヴェッキオを渡った。

気づくとレアンドロ自身が、マーニーのユーモアセンスやウィットに心を奪われていた。ふたりで散策しながら、いつの間にか警戒心をゆるめている自分に気づいた。フィレンツェで過ごした子ども時代に見知っていた場所が、マーニーと一緒だと新鮮に見えた。

プールの上で月が輝き、寝椅子に柔らかな光を投げかけている。レアンドロは寝椅子にそっとマーニーを横たえ、膝をついて彼女に顔を寄せ、星空の下、ゆっくりと深いキスをした。月明かりを頼りにマーニーの服を脱がせ、両手で彼女の胸や腹部の曲線をなでる。

胸の中に湧き上がる痛いような感情は、欲望に違いない。ぼくがマーニーに対して感じるのは、欲望以外にありえないのだから。

レアンドロと経験を積んだおかげで、マーニーは慣れたしぐさで彼の体を両手でまさぐり、くすぐるようなキスをして興奮をあおった。

すると、彼は身を震わせ、マーニーの髪をつかんで顔を上げさせた。「魔女め」うめくように言う。

マーニーは導かれるままに彼の上になり、ゆっくりと彼の情熱のあかしを受け入れた。

レアンドロは自分の上で動くマーニーを見つめた。彼女の長い髪が落ちかかり、その向こうに星空が広がっている。「きみがぼくたちの子どもを身ごもったときも、こんな星空だった。フランスで、クルーザーのデッキで抱き合った」

言った瞬間、レアンドロは過去に言及したことを後悔したが、もう遅かった。

マーニーは彼の愛撫と抱擁に我を忘れ、ほかのことは考えられずにいた。しかしレアンドロの言葉を聞いて、断片的な思い出が、風に翻弄される蝶のようにひらめいた。クルーザー、月明かり、優しい風に運ばれてくる潮の香り……。イメージはすぐに消えたが、マーニーは希望を抱いた。

「思い出したような気がするわ。一瞬だったけど。記憶が戻る前兆かしら」

このとき、マーニーはレアンドロの笑顔がこわばった気がした。単なるわたしの思い過ごしかしら？　だがレアンドロはそれ以上考える時間をマーニーに与えず、体勢を入れ替えてさらに深く彼女を貫いた。

「そんなことはどうでもいい。抱き合っていれば、ほかはどうでもよくなる」

レアンドロに激しく突かれ、マーニーはあえぎながら快楽の海に身を投じた。

「過去は重要じゃない。フィレンツェにいるあいだに、新しい思い出ができた。ぼくたちは子どものために、将来だけを見ていかなければならない」

レアンドロの激しい動きに、マーニーは何も考えられなくなり、いよいよ興奮がつのっていく。ぎりぎりのところでじらされ、彼女はすすり泣きながら彼の名前を呼んだ。そしてようやく絶頂を迎えると、全身をわななかせてのぼりつめた。

ただひとつ、マーニーが残念に思うのは、愛しているとレアンドロがまだ言ってくれないことだった。自身もその言葉をのみこんだ。とはいえ、レアンドロがわたしを大事に思ってくれているのはわかる。彼はとても親切で魅力的だ。それに、フィレンツェに来てからはとても優しい。

レアンドロがあまり自分の感情を吐露しないのは意外でもなんでもない、とマーニーは思った。彼は子どものころ、父親に愛されていないと感じ、母親には捨てられた。もしかしたら、結婚したあとで、マーニーの待ち望んでいる言葉を言ってくれるかもしれない。小さなことでくよくよし、結婚式を一週間後に控えた幸せな気持ちに水を差すようなまねはしたくない。

屋敷の中に戻ったとき、マーニーは何もかも完璧だと自分に繰り返し言い聞かせた。レアンドロは彼女を、階上の寝室まで抱いて運んでいった。妊娠五カ月半の妊婦というよりは、繊細なガラス細工のように扱った。

マーニーはレアンドロの腕の中で眠りについた。しかし夜中に、いやな夢を見て目を覚ました。あれは、潜在意識の中に埋もれた記憶だったのではないかしら？

翌朝、目を覚ましたマーニーは、屋敷でのレアンドロとの幸せな時間はすべて夢で、暗い現実がすぐそこに待っているような、不吉な予感にとらわれていた。

一週間後、ふたりはレアンドロの自家用機でロンドンに戻った。マーニーは事あるごとに、大富豪の妻になるという現実を思い知らされた。

飛行機はとても贅沢（ぜいたく）で、フライト中の女性搭乗員はこの上なく優雅だった。マーニーは自分の太った体を強烈に意識し、明るい色のを見た。彫りの深い横顔を見ると、気持ちが沈む。今日の彼はきれいに髭を剃っていて、がっしりした顎やせり出した頬骨は、ウフィッツィ美術館で見た大理石の彫像のように美しい。この一カ月で初めて、彼はダークグレーのスーツにワイシャツという服装をしていて、胸が締めつけられるほどハンサムで、近寄りがたく思えた。

「そんなに見るなよ」

マーニーが頬を赤くするのを見て、レアンドロは笑った。

「そんなに見つめられたら、フライト時間を無理にでも長くさせて、この飛行機には寝室もあることをきみに見せたくなってしまう」

ふとマーニーは横に座っているレアンドロ

サンドレスを着たことを後悔した。それは屋敷の周辺で着るにはよかったが、洗練されているとはとうてい言えない代物だった。

レアンドロにマタニティ服を買うように言われたが、彼のクレジットカードを使うのは気が引けた。結局、ワンピースを二着買って、自分で支払った。

ウエディングドレスはすばらしかった。おなかのふくらみをうまくカバーするようなデザインの、象牙色のシルクのドレスを思い出し、マーニーの心は浮き立った。上身ごろに星のように小さなクリスタルがちりばめられ、裾にかけてレースが流れ落ちている。

マーニーは自分のわかりやすさが恥ずかしかった。レアンドロは、彼女の心がすっかり彼のものであることを承知している。それでもマーニーは毎日、彼を好きにならずにいられなかった。

「結婚式の前に、書類にサインしてもらわなければならない。量が多くて悪いが、弁護士が細かいことまで気にするものだから」彼はテーブルに印刷物の束をおいた。

「細かいことって？」

書類の見出しを読んで、マーニーは胃のあたりが重くなった。「婚姻前の財産合意書なんて、本当に必要なの？」

「ぼくは父の財産の唯一の相続人だ。ヴィアッリ・ホールディングスの財産を守るのは、ぼくの義務だ」

レアンドロは何気ない態度を装ったが、口調は厳しかった。マーニーは、彼が容赦のない実業家だという評判を思い出した。

「もし別れることになっても、あなたやお父さまからお金をもらおうとは思わない。結婚もしないうちに離婚のことを話し合うなんて、気が進まないわ」マーニーは傷ついた心を隠しながら言った。

「形式的なものだ。サインさえしたら、しまいこんで忘れてしまってかまわない」

レアンドロはなだめるように言った。この口調は、自分のやり方を通そうとするときに必ず彼が使うものだった。

「ホテルでゆっくり目を通してくれ。お互いの権利を守るものだということがわかるはずだ」

搭乗員がコーヒーと焼き菓子を持ってきた。マーニーが甘い焼き菓子を食べるのを見ながら、これは都合がいいとレアンドロは内心ほくそ笑んだ。困ったときは、マーニーの気をそらすようなものを搭乗員に持ってこさせればいい。

インターコムから、着陸態勢に入るのでシートベルトを締めるようにとのパイロットの指示が流れてきた。マーニーはもうすぐおじやおばに会えると考え、心が浮き立った。

「おばと一緒にホテルのスパでくつろいだあと、あなたやおじと合流して食事をするのよね。すごく楽しみだわ」

「予定が変わった。ぼくは一緒に食事をとれない。ロンドンに到着したら、きみは車でホテルに直行してくれ。ぼくはパリに飛ぶ。明日の朝に戻るよ」

マーニーは落胆を隠せなかった。「どうして結婚式の前日に、慌ててパリに行かなければならないの？」

「仕事だ」レアンドロはあっさり答えつつ、心の中ではヘンリーのことを考えていた。前夜、元妻のニコルから電話がかかってきて、とんでもないことを告げられた。

〝ドミニクの離婚が正式に決まったので、彼と一緒にオーストラリアのパースで新しい生活を始めようと思うの。ドミニクが、ヘンリーも連れていこうって言うのよ。これであの子も父親と仲よくなれるわ〟

ドミニクという男が本気でヘンリーの父親になりたがっているとは思えなかったが、レアンドロは何も言わなかった。親子の関係を築こうというのなら、ヘンリーにとってはいいことだ。今夜は、ヘンリーがオーストラリアに行く前に会う最後のチャンスだった。

〝これからもぼくたちが親友同士であるのは変わらない〟レアンドロはヘンリーにメールを書き送った。しかし本来は、オーストラリアでの実の父親との暮らしに早く慣れろと言うべきだったのだ。

結婚式はハイド・パークを見渡す、高級ホテルでおこなわれる予定だった。けれど、ひとりきりでリムジンでホテルに到着したとき、マーニーの心は沈んでいた。運転手にエスコートされ、彼女は優雅なロビーに入っていった。

そこでおばのスーザンがエレベーターから降りてくるのを発見し、いくらか気持ちが明るくなった。

「まあ、きれいになって。妊娠したせいかしら」スーザンは言った。

マーニーはスーザンとともにハネムーン・スイートの部屋へ行った。白と金色の贅沢な内装を見てふたりは驚いた。ベルベット地のカーペットが敷きつめられ、天井からは大きなシャンデリアが下がっている。

「レアンドロがパリへ行ってしまったなんて、残念ね。そういえばジェマの結婚式のときも、お友だちが事故に遭ったとかで、パリへ行ったんだったわね」スーザンが言った。

「ジェマの結婚式のことは覚えていないの」

マーニーはいつものいらだちを感じた。だが、スーザンの言葉を聞いて、頭の中で何かがうごめいた。稲妻が走ったように突然、電車の座席に置かれた新聞が見えた。新聞になんの意味があるのだろう？

「大丈夫？　顔色が悪いわよ」スーザンが心配そうに声をかけた。

「大丈夫よ。ちょっと頭痛がするだけ。嵐が近づいているのかもしれない」

マーニーは窓の外を見た。空には黒い雲が広がっていた。秋になり、ハイド・パークの木々の葉は、すっかり赤やオレンジや金色に変わっている。それらが風に吹かれ、紙吹雪のように舞い散った。

「明日は雨でなければいいけれど」

「どんな天気でも、大丈夫よ。正直な話、二週間前にレアンドロから電話があって、結婚すると聞いたときには、おじさんもわたしも驚いたわ。あまりにも急な話だったから。でも、先延ばしにできない理由があったのね」

おばは意味ありげにマーニーのおなかを見た。それから急に真顔になって続けた。「必要以上に事を急いでいないでしょうね、マーニー。子どもができたからって、結婚しなければいけないわけじゃないのよ」

「わたしはレアンドロを愛してる……彼も愛してくれているわ」

「それならいいの」スーザンはほほ笑んだ。

マーニーは心の中の疑念を消し去ろうとした。だが疑念と頭痛が消えることはなく、スパでマッサージを受けても、どうしてもリラックスできなかった。


その晩、マーニーはハネムーン・スイートの大きなベッドにひとりで横たわり、レアンドロと結婚するのは正しいことなのかどうか考えていた。彼はわたしを愛してくれているに違いない。でも、実際に口に出して、愛していると言われたことはない……。

今ここに彼がいればいいのにと思ったが、彼は結婚式の前夜はベルグレービアの家で過ごすと言っていた。マーニーも行きたかったが、レアンドロはにべもなく断った。結婚式の直前に花嫁と花婿が一緒にいるのは不吉と考えられていると言って。

奇妙なことだが、レアンドロはマーニーをベルグレービアの家に行かせたくないようだった。一年間も彼と同居していたその家は、ロの書斎にいるわたし……。そして何よりも、彼女の記憶からほとんど消えていた。明日彼と結婚すると思うと、どうして恐怖をけれど今夜、レアンドロはイートン・スクエアの家にはいない。パリに行っている。仕事だと言っていた。おばのスーザンは、マーニーのいとこのジェマの結婚式に彼が出席しなかったのも、パリに行ったからだと言っていた。

感じるの？　いえ、もう今日よ。時計を見て午前三時であるのを確認し、マーニーは胸の内で訂正した。

頭痛のせいで、眠れそうになかった。嵐も頭痛も朝になればおさまっていることをマーニーは願った。

だがそうではなかった。嵐は始まったばかりで、さらなる大惨事が待ち受けていた。

遠くで雷が鳴った。また頭の中で何かがうごめく気配があり、マーニーは震えた。雷雨があった……いつのことだろう？　マーニーは顔をしかめ、思い出そうと努めた。ぼんやりと覚えている嵐と豪雨は、なんだったのだろう？　イートン・スクエアの家のレアンド

9

　レアンドロはネクタイを結ぼうとしたが、手が思うように動かず、悪態をついた。結婚式の日には、どんな花婿でも緊張するものだ。それはわかっている。結婚するのは二度目なのだから。だが、ニコルと結婚したのはずっと若いときだった。未熟で、今ほど世間慣れしていなかった。ニコルに恋していると思いこんでいた。そう、二十四歳のときのぼくは、だまされやすい愚か者だった。

　十年以上もたった今、もはやレアンドロは結婚に幻想を抱いてはおらず、愛に振りまわされるつもりはなかった。

　パリでヘンリーに会ってきたが、別れはつらかった。

　〝オーストラリアに会いに来てくれるよね、レアンドロ？　新しい家に泊まってもらえばいいって、ママが言ってた。本当のパパが、一緒にサーフィンを習おうって約束してくれたんだ。レアンドロはサーフィンが得意だから、三人で海に行こうよ〟ヘンリーは無邪気に言った。

　〝お父さんと楽しくやれそうじゃないか〟レアンドロは、痩せっぽちで目の大きいへンリーを思い出し、苦しげに息を吸いこんだ。いつでもヘンリーの力になりたかったが、彼には実の父親がいる。その男はようやくヘンリーに興味を示し始めたらしい。

早朝にパリから戻る自家用機の中で、レアンドロは、まもなくマーニーがぼくの子どもを産むはずで、その前に彼女を妻にするのだ、と自分に言い聞かせた。今回は、誰かに子どもを奪われたりはしない。

ようやくネクタイを結び終え、上着を手にして寝室のドアを開けようとしたとき、ノックの音がした。

家政婦のベティだった。「お邪魔して申し訳ありません。あなたにお会いしたいという方がお見えです」

「名前を言ったか?」

「ジェイク・クラーク、マーニーの兄だと言っています。マーニーはここにはいないし、あなたは忙しいと言ったのですが……」

ベティの話を聞きながら、レアンドロは廊下を進んでいった。「どこにいる?」

「居間にお通ししました」

ソファから立ち上がった男は、防犯カメラの録画映像よりもさらに薄汚くなっていた。

「ミスター・クラーク?」レアンドロは冷静な口調を心がけたが、こぶしに握った手には力がこもり、すぐにでも相手の顎を打ち砕きたい気分だった。

ジェイクはすさんだ顔をしていた。乱れた髪をかき上げると、取りつかれたような暗い目がのぞいた。

「マーニーを捜している。妹はここにはいないのか？　会って、これを返さなければならない」

彼はリュックサックを開き、中に入っていた宝石類をコーヒー・テーブルの上に出した。レアンドロはすぐに、母親のお気に入りだったサファイアのネックレスに気づいた。

「マーニーは親切心から、祖母のものだった真珠のネックレスを持っていけと言ってくれた。なのにおれは、とんでもないことをしてしまった。金庫の中にたくさん箱があるのを見て頭がおかしくなったんだ。宝石には保険がかけられているはずだと思った。暗証番号はマーニーが金庫を開けるときに記憶した」

ジェイクはうめいた。

「ああ、自分の妹から盗みを働くなんてどうかしている。おたくもあきれているようだな。おれも、自分にあきれ果てた。何週間も宝石を持ち歩いていた。返さなければいけないとわかっていた。全部ここにある。祖母の真珠もだ。マーニーに渡してほしい」

「警察を呼ばないもっともな理由を教えてくれ」レアンドロはかすれた声で言った。

「もう通報していると思っていた。今すぐ、警察に捕まって当然だ。ひどいことをしたんだからな。自己嫌悪だ」

レアンドロはジェイクの気持ちがよくわかった。彼自身も、胃がむかつくほどの自己嫌悪を感じていた。真実を知り、ショックを受けていた。マーニーはまったくの無実だった。レアンドロはフィレンツェに滞在中、マーニーが宝石を盗んだのではないと思い始めていたが、今ジェイクによって、彼女が盗みには無関係だったことが証明されたのだ。

心の奥底では、マーニーが盗みなど犯すはずがないとわかっていた。なのに彼女の記憶喪失を利用して結婚しようとしている。子どもを我がものにするために。自分の傲慢な考えを思って、レアンドロは笑いだしそうになった。

彼はマーニーの兄を見て言った。「マーニーはきみが刑務所に戻るのを望みはしないだろう。とっとと立ち去って、人生をやり直すんだな」

ジェイクが出ていってから、レアンドロは震える手でウィスキーをついだ。額にはいやな汗が噴きだし、心の中は凍りついていた。何もかもが手に負えない事態になっていて、どうしたらいいかわからなかった。

すべてが嘘だと承知していながら、どうしてこのままマーニーと結婚できるだろう？　マーニーはぼくが彼女を愛していると信じている。そしてぼくを愛している。マーニーはとても正直だから、そうだとわかる。ぼくを愛していなければ、結婚に同意することはなかっただろう。

レアンドロはウィスキーを一口飲み、深く息を吸って考えをまとめようとした。マーニーは、ぼくが不当に彼女を非難したことを覚えておらず、今のところ彼女の記憶が戻る気配はない。ぼくの計画は成功間近だ。

ぼくの妻になったら、完璧にマーニーの面倒を見る。何ひとつ不自由はさせないつもりだ。彼女は多くを望まない。物を欲しがったりもしない。ふたりはいい結婚生活を送れるはずだ。ぼくなら彼女を幸せにできる。それに、ぼくが自分の子どもを望んでいるという事実は、何があろうと変わらない。

心の痛みをやわらげるためにも、どうしても子どもが必要だ。

もしかしたらマーニーも必要なのではないか？　心の声がささやいた。

「レアンドロはまだ来ないの？　結婚式は二時からよ、あと五分しかないわ。ずいぶんぎりぎりね」マーニーは時計を見ながら言った。

「道が混んでいるんでしょう。おじさんが聞いたラジオでは、ロンドン西部で道路工事をしていて、あちこち通行止めになっているそうよ。きっともうすぐ来るわ」スーザンはマーニーを落ち着かせようとして続けた。「とコサージュをつけているから、きっと花婿よ。ようやくあなたの夫になる人と会えるのね、楽しみだわ」

そこでマーニーのつらそうな顔に気づいて、スーザンの顔から笑みが消えた。

「あなた、顔が真っ青じゃないの。気分でも悪いの?」

「いいえ、緊張しているだけよ」

なぜこれほど緊張しているのか、マーニーは自分でもわからなかった。レアンドロを愛しているのに。フィレンツェの屋敷で過ごした一カ月のあいだ、彼は非の打ちどころのない、愛情深い婚約者だった。このすばらしいホテルでの結婚式を手配してくれたのも彼だ。

ってもきれいよ。すてきなドレスね。誰も、もうすぐ妊娠六カ月だとは思わないわ」

マーニーは鏡の中の自分を見た。確かにドレスはおとぎ話に出てくるような美しさだし、髪も化粧もすてきだ。朝の八時に美容師がやってきて、準備を手伝ってくれた。

しかし夜中に始まった頭痛は今もおさまらず、一時間あまりも美容師に髪を引っ張られてアップにしたせいで、むしろ悪化した。さらに一時間かけて化粧をして、爪もピンクに塗った。ますます頭痛はひどくなり、吐き気とめまいも加わった。

スーザンは窓辺に立っていた。「今車から降りてきたのは、レアンドロじゃないかしら。

そして明日にはセーシェル諸島にハネムーンに行き、五つ星のリゾートホテルに十日間滞在することになっている。

何もかもがすばらしい。ただ、頭が割れそうに痛むのだけが、文字どおり頭痛の種だった。

ホテルの前の階段で、レアンドロは父親違いの妹と会った。

「どこへ行っていたの？　遅刻するんじゃないかと心配したわ」フランス風に両頬に二度ずつキスをしてから、ステファニーはレアンドロに尋ねた。

「ひどい渋滞だった」

このまま結婚していいものかどうかと良心と闘っていたことを、レアンドロは明かすつもりはなかった。そのせいで運転手には、制限速度を超えてホテルへ急行させなければならなかった。

レアンドロは落ち着かない様子で髪をかき上げた。「あと二分だ。中に入ろう。ひどい嵐になりそうだ」

ハネムーン・スイートのドアをたたく音がしたとき、マーニーは飛び上がった。おじのブライアンが入ってきた。

彼はマーニーに明るい笑みを見せた。「準備はいいか？」

「ええ」

胸をどきどきさせながら、マーニーは白い薔薇のブーケを持ち、ブライアンと一緒に部屋を出た。スーザンも加わり、三人は階下の式場へ下りる。大きな階段へと向かった。手すり越しに下を見ると、客たちが集まっているのが見えた。ピンクのリボンで飾られた白い椅子に座り、式が始まるのを待っている。

ブライアンはマーニーの冷たい手を握り、気持ちを楽にさせようと声をかけた。「外で式をすることにしなくてよかったな。雨の音が聞こえるだろう。ゆうべよりもひどい嵐になりそうだ」

頭痛は耐えられないほどになっていた。窓の外で稲妻が光ると、目が焼けるように痛い。歯を食いしばって、マーニーはおじの腕をしっかりとつかみ、階段に足を踏み出した。客たちの顔がぼやけて見える。

視界がはっきりしてくると、レアンドロの姿が見えた。明るいグレーのスーツ、紺色のシャツにグレーのネクタイという格好の彼は、いつにも増してハンサムだった。

レアンドロの横に立っている女性に、マーニーは見覚えのある気がした。すらりとした長身、豊かな茶色の髪。レアンドロの父親違いの妹、ステファニーだ。ヴィラ・コリーナで、美しいフランス人モデルの写真を見たのを覚えていた。けれど、別のときにも、ステファニーの写真を見たことがあるような気がした。

断片的な記憶がマーニーの脳裏に浮かんだ。レアンドロとステファニーの写真を新聞で見たことがある。そのときはまだ、ステファニーがレアンドロの父親違いの妹だとは知らなかった。

突然、耳をつんざくような雷鳴がとどろいて、窓ガラスが揺れた。マーニーの頭の中に、いくつかの映像が鮮やかにひらめいた。

マーニーは電車に乗っていて、美しい女性と一緒にいるレアンドロの写真を新聞で見て、その女性がレアンドロの恋人だと思って嫉妬した。筋が通らない。なぜわたしは、その女性が彼の父親違いの妹だと知らなかったのだろう？　レアンドロの言うとおり、幸せな関係を築いていたのなら、なぜ彼を信用できなかったの？

「ああ」マーニーは頭を押さえた。頭蓋骨に銃弾を撃ちこまれたかのように、激しい痛みに襲われた。白い光が次々とひらめいて、その都度違う映像が浮かび、新たに記憶がよみがえった。

「マーニー、大丈夫か？　どうしたんだ？めまいがするのか？」レアンドロは慌てた様子で言い、階段に駆け寄ってマーニーを見上げた。

いったいどうしたというの？

マーニーは頭がおかしくなりそうだった。よみがえった記憶が真実であるはずはない。ひどすぎる……。しかし、彼女はそれが真実だとわかっていた。胸の痛みは頭痛よりもつらかった。

マーニーはおじの腕を放して階段を数段下り、レアンドロと同じ視線の高さのところに立った。彼を見上げないですむのは、奇妙な感じがした。ずっとマーニーは、彼を見上げてきた。勝手に高い位置に置き、自分を卑下してきた。

「優しい婚約者のふりは、もうやめて。記憶を取り戻したのよ、レアンドロ。何もかも思い出したわ」

レアンドロが青ざめた。それは、マーニーの想像の産物ではなかった。

「マーニー……」

レアンドロは彼女のほうに手を伸ばしたものの、彼が触れる前に、マーニーは身を引いた。階下の式場では客たちが驚いた顔をしている。緊迫した静けさの中で、激しく窓を打つ雨音だけが響いていた。

「あなたは子どもの父親が自分だと信じずに、DNA検査をしようと言い張った」マーニーは震える声で指摘した。

マーニーの背後で、おばのスーザンが息をのんだ。

「父親はぼくだとわかっている」レアンドロ

は顔をこわばらせて言った。「検査の結果が出た」

「それでわたしの気持ちが軽くなるとでも思うの？」

マーニーは喉が締めつけられたように感じた。でもまだ泣くわけにはいかない。ここで取り乱したりしてはならない。もう一生分、レアンドロのせいで恥をかいてきた。

「あなたは、お母さまのものだった宝石をわたしが盗んだと責めたわね」

レアンドロは唇をきつく嚙んだ。「金庫破りをしたのは、きみじゃないとわかっている。お兄さんの仕業だった。ジェイクが今朝、宝石を返しに来たよ」

「それまでずっと、わたしが泥棒だと思っていたんでしょう？　事故のあと、なぜ婚約しているふりをしたの？　どうして、結婚する予定だったと思いこませたの？」

マーニーは必死に涙をこらえた。おなかの中で赤ん坊が動くのを感じる。すべてを理解して、マーニーは痛々しい笑いをもらした。

「赤ちゃんのためね。思い出したわ。ＤＮＡ検査であなたの子どもだとわかったら、その子の人生に関わりたいと言っていた。親権以上のものが欲しいのね？」

頭痛と胸の痛みのせいで身震いしながら、マーニーは続けた。

「あなたは子どもを自分のものにするために、

お金を出すと言った。ひどいわ、レアンドロ。子どもを買おうとするなんて、恐ろしい」

雨脚が少し弱まり、式場に静けさが満ちた。誰ひとり動こうとしない。レアンドロの彫像のようなハンサムな顔はひどくこわばっていた。

「説明させてくれ」

マーニーはかぶりを振った。レアンドロは彼女の目に、この上ない嫌悪感を見て取った。もう一度マーニーに近寄ろうと試みたが、また彼女は身を引いた。

「過去に何があろうと、フィレンツェでは幸せだった。楽しく過ごしたじゃないか」レアンドロは指摘した。

そのとき、マーニーは彼の残忍さを思い知り、胸を切り刻まれるような痛みを感じた。

「あれは全部、ふりをしているだけだったんでしょう？　フィレンツェで、あなたの好きな場所を案内してくれたわね。毎朝、庭のオレンジの実をもいで、朝食の席でむいてくれた。愛しているかのように、目を見つめるようなまねもした。すべて嘘だったわけ？　何度も抱き合ったのも、わたしをだまして結婚に持ちこむためだったの？　結婚するのは、わたしを妻にしたいからではなく、子どもを法的に自分のものにしたいから。そうなんでしょう？」

レアンドロはどう答えるべきか迷った。そ

の沈黙こそが、多くを語っていた。

「図星なのね？」マーニーは膝から力が抜け、その場にくずおれそうになった。しかしプライドだけでなんとか持ちこたえた。レアンドロが彼女を支えようとして手を伸ばしたとたん、混じりけのない激しい怒りが彼女の全身を貫いた。

「マーニー……」

「やめて！」

レアンドロに触れられたら負けてしまうとマーニーはわかっていた。彼をまだ愛しているからだ。それこそが元凶だった。自分を愛してくれない男性を愛してしまうなんて、母と同じ哀れな女、愚か者ではないか。


マーニーはうめき声をもらした。苦悩そのままに、悲痛な泣き声をあげる。

「頼むよ、マーニー」レアンドロはかすれた声で言った。ぼくは永遠に今の苦悩に満ちた泣き声を忘れないだろう、と彼は思った。

マーニーの体がぐらりと揺れた。レアンドロは、彼女の体が心配でたまらなかった。

「階段から下りたらどうだ？　もう少し落ち着いてから話し合おう。きっとなんとかなるはずだ」

マーニーは激しく首を横に振った。「わたしに近寄らないで」こんな状況にもかかわらず、マーニーは心のどこかでレアンドロに抱かれたいと思っているのを感じ、愕然とした。

無意識のうちにブーケを持っている手を持ち上げ、彼を打った。

薔薇の刺が顔をかすめ、レアンドロははっと息をのんだ。

マーニーは息も荒く、レアンドロの頬についた赤い線を見た。白い薔薇の花びらが、紙吹雪のように床に舞い落ちる。

「わたしがあなたの妻になることはないと、いつか言ったわね。そのとおりよ。あなたの妻になんかなるものですか。あなたを絶対に許さない。何を言われても、何をされても、あなたとは結婚しない。もう二度とあなたの顔を見たくないわ」マーニーは低く抑制のきいた声で言った。


それは怒りに任せて怒鳴り散らすよりもずっとレアンドロの胸にこたえた。

「きみはそうかもしれないが、子どもが生まれるんだぞ」

まるで、わたしをだましてまでレアンドロが結婚したがった理由をわたしがまったく知らないかのような言いぐさだ、とマーニーは鼻白んだ。

「わたしは子どもを産むけれど、あなたにはなんの関係もないわ」マーニーは銃弾を放つような勢いで、続けざまにきつい言葉をレアンドロに投げつけた。「本気よ。あなたとは二度と会いたくない。もし追いかけてきたら、裁判所に行って、あなたはお金で子どもを買おうとした、記憶喪失につけこんで結婚に持ちこもうとした――そう言って訴えるわよ」

マーニーは、父が家を出ていったあと、母が何日も何週間も泣き暮らしていたのを思い出した。でも、わたしはレアンドロを思って泣いて、人生を浪費したりしない。レアンドロはわたしが愛するのにふさわしい男性じゃない。わたしを愛してもいない男性の都合で結婚するなどという辱めを受けてはならない。

「きみは興奮している。怒るのもわかるが、子どものためにもっと冷静に考えるべきだ」

マーニーは、心臓が危険なほど速く打っているのに気づいた。前回の産科の診察で、看護師に血圧が少し高いと言われた。今はどれほどだろう？　だが、激しい怒りは湧き起こったときと同じくらい、あっという間に引いた。そしてこらえきれず、涙が頬を伝った。

「ぼくに世話をさせてくれ」レアンドロは低い声で言った。

マーニーの心が揺れる。「わたしにかまわないで」彼女は全身を震わせながら、やっとの思いで応じた。

どうすればいいのかマーニーはわからなかった。涙で顔が濡れている。目をこすると、指に黒いマスカラがついた。ピエロのような顔になっているに違いない。頭痛がして気分が悪かった。レアンドロの前で吐いてしまうかもしれないと思うと、あまりの屈辱に息が苦しくなった。

レアンドロの声が遠く聞こえた。

「マーニー、病院に行こう。記憶が戻って、ショック状態に陥ったに違いない。さあ、ぼくが連れていってやろう」レアンドロはマーニーの手首をつかみ、彼女の絶望的な悲鳴を無視しようとした。

「そのくらいにしたらどうだ」おじのブライアンがマーニーの横に立ち、守るように姪の肩に腕をまわした。

ブライアンはレアンドロより背が低いが、この年長者の言動には、レアンドロを圧倒するものがあった。

レアンドロは、マーニーがブライアンに連れられて階段をのぼっていくのを見送った。

彼女の泣き声が、それまで経験したことのないほどの鋭い痛みを胸にもたらした。まるで心臓をえぐり出されるような気がした。賭けが失敗に終わったのは明らかだった。レアンドロはたった今、自分がとても貴重なものを失ったことを悟った。

マーニーはぼくを愛していた。なのにぼくは彼女の愛を拒絶した。そして今、彼女に、二度と近づくなと言われた。当然だ。金で親権を買い取ろうとするなんて、いったいどんな男だ？　ぼくの父のような男ならやりかねない……。レアンドロはショックを受けた。父と同じことをしている自分に気づき、この上ない嫌悪感に襲われた。

レアンドロはさまざまな件でマーニーを責めたが、彼女はそのすべてにおいて無実だった。彼女は嘘つきでも詐欺師でもなく、泥棒でもなかった。マーニーの初体験の相手はぼくであり、ずっとぼくに誠実だった。ああ、マーニーはぼくを心から愛していたのに、ぼくは怒りに任せて彼女の気持ちを踏みにじった。二度も。

レアンドロはマーニーが歩き去るのを見ながら、彼女を失って当然だと思う一方で、その事実を受け入れられず、彼女の背中に声をかけた。「ぼくときみだけの問題じゃない。子どものことを考えなければいけない」

マーニーは階段をのぼりきったところで振り向き、レアンドロを見下ろした。白い顔にマスカラの染みがついていても、悲嘆に暮れていても、マーニーはとても美しかった。

「わたしたちのあいだに特別な関係なんてない。いつか、あなたはそう言った。子どものことは、わたしがひとりで考えるわ」

マーニーは、レアンドロがそれまで聞いたこともないような厳しい口調で言葉を継いだ。

「子どものために、できるだけあなたから離れたところへ行くつもりよ。あなたは他人を操ろうとする残酷な人。けっしていい父親にはなれない」

マーニーは指から婚約指輪を外した。

もちろん、今のレアンドロは大人だ。同じ言葉を心の中で叫ぶにとどめた。マーニーを追いかけ、両腕で抱いて引き留めたかったが、そんなことをする権利はない。初めて彼は自分の行為に愕然とした。

レアンドロはブライアンに言った。「彼女をよろしくお願いします」喉が、割れたガラスをのみこんだかのように痛い。彼はしわがれた声で続けた。「ノーフォーク州のお宅へ連れていきますか？　何日かして、少し落ち着いたら会いに行きます。ぼくの子どもでもあるんですから」

ぼくはマーニーを失ったのかもしれない。

レアンドロはそう思いつつも、子どもに対す

「返すわ。きれいだけれど、心がこもっていない。あなたと同じね」

彼女は指輪をレアンドロに向かって投げた。大きなダイヤモンドが輝きながら宙を飛んで、音をたててレアンドロの足元に落ちた。

マーニーは再び彼に背を向け、廊下を歩き始めた。レアンドロは恐怖におののいた。彼女が離れていくというのに、止める手立てはなかった。

レアンドロは七歳の少年に戻った気分だった。彼はあのとき、廊下を歩き去る母親に向かって、行かないでと懇願した。

〝ぼくを置いていかないで！〟

少年だった彼は泣き叫んだ。

る権利をあきらめるつもりはなかった。

「マーニー、そろそろ泣くのはおやめなさい。ロンドンからノーフォークまで、泣きどおしだったでしょう。おなかの子どもによくないわ」スーザンは優しくたしなめた。

　おばの言葉は、レアンドロにだまされていたことを知って悲嘆に暮れていたマーニーの心にしみた。彼はわたしを愛していなかった。彼がわたしを愛することは永遠にない。わたしは本当に愚かだった……。

　また涙があふれたが、マーニーは車の後部座席で座り直し、おばからもらったティッシュペーパーで鼻をかんだ。

「もちろん、いつまでもうちにいていいのよ。レアンドロが、言葉どおり二日もしたら来るといいんだけど。言ってやりたいことがいっぱいあるわ」スーザンは語気を強めて言った。

「彼とは会いたくない。二度と会いたくないの」マーニーは動揺した。とてもレアンドロには会えない。我ながらいやになるが、再び彼に惹かれずにいる自信がなかった。それでも、レアンドロのしたことは許せない。何度も嘘をつき、わたしの信頼を裏切った。やり直すチャンスなど与えたくない。

「レアンドロが来るかもしれないのなら、おばさんのうちにはいられないわ。彼に見つからないところへ行って、子どもが生まれてからのことを考えたいの」マーニーはおばに訴えた。

スーザンはためらったものの、やがて鞄から一通の手紙を取り出した。「数週間前にあなたのお父さんから手紙が来て、あなたの様子をきいてきたの。返事を書いて、あなたが妊娠し、結婚すると伝えたら、昨日あなた宛ての手紙が来たわ。これよ」

マーニーは震える手で封筒を受け取った。

「わたしに宛てた手紙で、お父さんはあなたに会いたいと書いていた。ブルガリアの、お父さんのところへ行ってみたら？」スーザンは打ちひしがれている姪にささやいた。

10

海から吹く風が砂丘の砂を舞い上げ、ビーチグラスの細い葉をざわざわと揺らしている。マーニーはコートの前をかき寄せ、ウールの帽子と手袋で冷たい一月の外気から身を守れるのをありがたく思った。浜辺を散歩するのが好きだったが、おなかの子どもが大きくなり、あまり遠くまでは行けなくなった。

マーニーはカバにでもなったような気分だった。けれど、この状態も長くは続かない。

赤ん坊は三週間ほどで生まれてくるはずで、彼女は妊娠期間の最終盤を楽しんでいた。

人里離れたノーフォーク州北部の海岸での暮らしをマーニーは気に入っていた。数日間、誰にも会っていなかった。この美しくも荒涼とした風景の中には、自分とおなかの中の赤ん坊しかいないように思えた。

マーニーはふと、まったく違う風景を思い出した。父の住んでいるブルガリアの山村は、美しい冬を迎えているはずだ。地面や家々の屋根には、クリスマス・ケーキの飾りにする糖衣のように雪が積もっていることだろう。

父とその妻、そして母親違いの妹や弟と会うというのは、奇妙な体験だった。何を期待していいのかわからないまま、マーニーはブルガリアの空港に着いた。十二年ぶりの再会だったが、父のことはすぐにわかった。父はマーニーを優しく抱きしめた。彼は記憶にあるとおり穏やかで、その妻やふたりの子どもたちもマーニーを歓迎してくれた。

〝おまえのお母さんとうまくいかなかったから、家族にとってはわたしがいないほうがいいと思ったんだ。両親が喧嘩ばかりしていたら、子どもたちはつらいだろう。正直なところ、おまえのお母さんのひどい嫉妬に耐えられなかった〟父は説明をしながらため息をついた。〝連絡を取り続けたかったが、おまえのほうは気が進まないようだった〟

〝お父さんと電話で話すのは、お母さんに対する裏切りのような気がしたの。お父さんのせいでお母さんは不幸なんだと思っていた。お母さんは、お父さんに愛されたかっただけなのに〟

父と話しながら、マーニーは、自分が母と同じだと気づいた。レアンドロに愛されたいという気持ちが、人生でいちばん重要なことになりかけていた。

〝おまえのお母さんは自分が誰かに愛される価値があるとは思えず、それでわたしのことも信じられなかった。おまえは自分の幸せを誰かの手にゆだねてはいけない。自分のことを愛し、対等の立場で愛される価値があるという自信を持つんだ。大事なのは、お互いに尊敬と信頼を持つことだ〟

父の言葉を思い出し、マーニーは、レアンドロとの関係は対等ではなかったと認めた。彼を喜ばせようと必死になるあまり、自分に対する敬意を失っていた。

波の上をセグロカモメが飛び交うのを眺めながら、マーニーは砂丘に隠れるようにして立っている、木造のビーチハウスに戻り始めた。彼女は先週からこの地に滞在していた。家の近くまで来ると、玄関に続く小道に誰かが立っているのに気づいた。ときどき浜辺で野鳥の観察をしている人がいるが、その人物は何か警戒しているようで、観察に来る人たちとはどこか違って見えた。

まさか、彼のはずがない。マーニーは自分にそう言い聞かせたが、遠く離れた場所でも、体が反応し、動悸がした。やはりレアンドロだ。一瞬、マーニーは走って逃げようかと考えた。けれど赤ん坊がおなかを蹴るのを感じて、今の時期は走ってはいけないことを思い出した。それに、レアンドロから逃げる必要はない。すでに、これ以上ないほど傷つけられている。彼のもとを去ってから二カ月半をかけて、ようやく立ち直った……はずだ。

急な坂をのぼっていき、息を切らしながら、マーニーはレアンドロから数メートル離れた場所で足を止めた。彼はシープスキンの上着の襟を立て、相変わらず魅力的だった。

だがもっとよく見ると、レアンドロの顔は驚くほどやつれていた。以前は短かった髪は、肩に届きそうなほど伸びている。顎は何日か分の無精髭で覆われていた。何より驚いたのは彼の目だった。冬空のように灰色に曇り、人気のない浜辺のようにすさんでいる。この何カ月か彼なりに苦悩したのだろうと察して、マーニーの心はやわらいだ。

だめよ。マーニーは心の中で叫んだ。もう二度と彼の魅力に屈してはいけない。

「おじやおばが、あなたにわたしの居場所を教えたはずはないわ。どうしてここがわかったの？」

レアンドロは目を細くした。マーニーの攻撃的な口調に驚いたようだ。彼はかすれ気味の、低い声で答えた。「きみが行方をくらましてから、二週間後にこの家を見つけた」

彼は深呼吸をした。冷たい大気の中で吐く息が白く見えた。

「いつか、おばさんとおじさんの家が、ノーフォーク州にあると言っていただろう。不動産登記所で簡単に住所を調べられた」

レアンドロは両手をポケットに入れた。そのあいだもマーニーの顔から視線を外すことはなかった。

「きみと話をしたくて、ここに飛んできた。ところがきみはいなかったし、家は閉めきられていた。それでも、たぶんいちばん可能性が高いと踏んで、ずっと見張っていた……なかなか会えなかったけれどね。今日来てみて、家の前に車が止まっているのを見たときは、きみがいてくれればいいと祈るような気持ちになったよ」

「どうしてそんな手間をかけたの？　話すことなんて何もないわ」

「ぼくにはある。説明させて――」

「聞きたくないわ」

マーニーはレアンドロの言葉を遮って言った。彼の顔を、また驚きの表情がよぎった。一緒にいたころは、彼が口にすることは一言も聞き逃すまいと耳をそばだてていたものだ、とマーニーは苦々しく考えた。

「もう、あなたの言うことなどどうでもいいのよ、レアンドロ。昔は、必死になってあなたのご機嫌をうかがっていた。あなたはわたしが愛しているのを知っていて、その気持ちを利用してわたしを操ろうとした。でも、あなたの本性がわかって、わたしはあなたに愛想が尽きた。もうあなたを愛してはいない。あなたに都合のいい遊び相手が欲しいなら、ほかをあたることね」

「きみのことを都合のいい遊び相手だと思ったことなどない」

マーニーは肩をすくめた。「そうかしら」

最近よくあることだったが、マーニーはひどい疲労感に襲われた。レアンドロを迂回(うかい)するようにして家に向かう。

「赤ちゃんのことを確認したくて、わたしを捜したの？　赤ちゃんなら元気よ。心配しないで。生まれたら、連絡するわ」

マーニーが玄関ドアを開けたとき、レアンドロのいらだったような息遣いが聞こえた。彼はすぐ後ろにいた。

ドア枠に肩を押しつけるようにして、彼は言った。「ぼくはどこにも行かない。ここにいる」

「冗談じゃないわ。帰って」

マーニーの胸の中で、怒りと動揺が交錯した。何カ月もレアンドロに会わずにいて、もう彼から立ち直ったと思っていた。けれど今、記憶にあるよりも魅力的でハンサムな男性を目の前にして、危険なオーラにのみこまれそうだった。

レアンドロは目を輝かせて言った。「ここに来てノックしたとき、きみは中にいるのにドアを開けてくれないのではないかと思った。おばさんに電話したら、浜辺を散歩しているはずだと言われた。おばさんとおじさんは、予定日がもうすぐなのに、町から離れた場所に、きみがたったひとりで住んでいるのを心配していたよ」

「大丈夫よ。おばのところから、一時間もかからないから。陣痛の徴候があったらおばに電話して、一緒に病院に行くことになっているの。最初の子は生まれるまで何時間もかかるって、皆が言っているわ」

「ぼくを嫌うあまり、子どもに何かあってもいいのか？　ぼくがここに滞在しているほうが、何かと安心だろう」レアンドロは慎重な足どりで家の中に入った。

「誰も必要ないわ」レアンドロの優しい口調に胸が高鳴るのを感じて、マーニーは自分にうんざりした。ベンチに座り、大きなおなかに苦労しながら前かがみになって、ブーツの紐(ひも)をほどく。

「きみは出産間近だ。誰かがそばにいて、世話を焼くべきだ」レアンドロは言い、マーニーの前にかがみこんでブーツを脱がせた。

出ていってくれと言うべきだとわかっていたが、今のマーニーには戦う元気がなかった。彼女は帽子を脱いだ。三つ編みにした豊かな髪が肩に落ちるさまを、レアンドロがじっと見ているのがわかったが、彼を無視して居間へ歩いていった。白く塗られた壁と大きな窓のおかげで、曇った冬の日でもそこは明るく、薪(まき)ストーブがぬくもりを添えていた。

マーニーはストーブに薪を加えてから、コートを脱いだ。彼女を見つめるレアンドロの表情を見て顔をしかめる。

妊娠のこの時期には、ウールのジャンパースカートにレギンスという服装は都合がいいが、けっしておしゃれとは言えない。マーニーは自分が太って見えるのを自覚していた。

「三十七週目の妊婦はこんなものよ。慣れてちょうだい」マーニーは皮肉っぽく言った。

「きれいだよ」

そのかすれた声に込められた感情を、マーニーはあえて無視した。おなかのふくらみに手を添えて言う。「ご機嫌を取る作戦は、やめて。なにしろ二階建てバスくらいの体なんだから。でも、いいの。赤ちゃんが健康に育っているとわかってうれしいわ」

レアンドロはシープスキンの上着を脱ぎ、キッチンへ向かった。ケトルに水を入れ、食器棚を開けてマグカップを探した。

「お茶とコーヒー、どっちがいい？　何か食べるかい？　オムレツくらいなら作れるよ」

「お茶をお願い」マーニーは散歩のせいで脚に痛みを感じ、ストーブの前のソファに座りこんだ。

レアンドロを見ながら、マーニーは無意識のうちにため息をついていた。彼はジーンズと、クリーム色のセーターを身につけている。セーターの下に力強い胸がうかがえた。伸びすぎた髪はシルクのようにつややかで、マーニーはその髪をなでたくてたまらなかった。

レアンドロはお茶とビスケットをのせたトレイを持ってきて、それをテーブルに置くと、マーニーの隣に腰を下ろした。マーニーが落ち着かなくなるほど、近いところに。

いいにおいがした。彼のアフターシェーブローションの香りだ。マーニーは目を閉じ、脳裏に浮かんだ彼の裸体を締め出そうと試みた。日に焼けたたくましい体、力強い腕……。

「前の妻は、妊娠中ずっと不機嫌だった。体型が台なしだと言ってね」

マーニーは驚いた。「あなた、結婚していたことがあるの？」

「短いあいだだが、ある。二度目の結婚記念日が来る前に、ニコルもぼくも間違いを犯したとわかっていた」レアンドロはそっけなく答えた。

「でも……子どもがいるのね？」

マーニーはショックのあまり、声を出すのにも苦労した。レアンドロが首を横に振るのを見て、マーニーはさらに混乱した。

「だって、奥さんが妊娠していたって言ったじゃない」

「残念ながら、ぼくの子どもじゃなかった」

レアンドロはお茶を飲んでから、視線をマーニーに向けた。

「ニコルと出会ったのは、母が死んだ直後だった。ぼくは、母がぼくよりも仕事を大事にしていると思って成長したから、愛に飢えていたんだろう。まあ、理由はどうあれ、ぼくはニコルに夢中になって、妊娠したと聞いて、もう結婚するしかないと思った。でもすぐにほころびが生じた。当時、ぼくは〈ヴィアッリ・エンターテインメント〉を立ち上げたばかりで忙しかった。ニコルはぼくが稼いだ金を喜んで使うくせに、ぼくが長時間働くのは気に入らなかった」

レアンドロの口調がきつくなる。

「円満に離婚が成立し、双方がヘンリーの親権を同等に持つことになった。ぼくはヘンリーが自分の子どもだと信じていた」

「そうではないと、どうしてわかったの？」

「離婚の数年後、ニコルがイギリスの政治家とつき合っているという噂が立ったが、ぼくはさして気にしなかった。前の妻が何をしようと自由だからね。ところが、ヘンリーが成長するにつれて、ぼくに似ていないと言われることが多くなった。特に父がうるさかった。ぼくはヘンリーを愛していたし、ニコルにだまされたとは考えたくなかったけれど、ついに疑念を無視できなくなった。断腸の思いでDNA検査を受け、その結果、ぼくはヘンリーの父親ではないことが判明した」

マーニーはレアンドロの声にひどい苦しみを聞き取った。検査結果を知らされたとき彼がどんな気持ちだったかと思うと、胸が張り裂けそうだった。「ニコルは、あなたが子どもの父親でないとわかっていたの?」

「ああ。政治家のドミニク・チルトンがヘンリーの父親だと、ずっと承知していた。けれどチルトンは結婚していて、愛人に子どもを産ませるというスキャンダルが発覚すれば、政治家生命が危うくなる。それでチルトンの同意を得て、ニコルはヘンリーがぼくの子どもだというふりをしたんだ」

レアンドロはぶっきらぼうな口調で続けた。

「真実がわかっても、それまでぼくを父親だと思って成長してきた少年に、簡単に別れを告げるわけにはいかなかった。ヘンリーはパリの学校にいて、ぼくは月に一度そこへ行った。今ではチルトンは政治家を辞め、妻とも別れた。そしてニコルと親しい関係にあることを公表して、ヘンリーを連れてオーストラリアに行った。新天地で家族三人の新しい生活を始めようとしている」

　そして数週間のうちに、レアンドロはマーニーが産む子どもの父親として、新しい生活を始める。最初の妻のひどい裏切りを思えば、マーニーが身ごもった子どもに関する検査を彼が要求したのも、理解できた。そのときおなかの中で子どもが動くのを感じ、セーターを通して小さな手か足の輪郭が見えた。

　レアンドロが息をのんだので、彼もまたそれを見たのがわかった。マーニーは反射的に彼の手をつかみ、自分のおなかに押し当てた。赤ん坊が何度か蹴るのを彼も感じたはずだ。

「男の子か女の子かわからないけれど、きっと将来はサッカー選手になるわ」室内の緊迫した雰囲気をやわらげたくて、マーニーは冗談を口にした。

　レアンドロの手がずしりと重く感じられた。布地の上からでも熱く、肌を焦がすようだ。彼に抱かれ、愛撫されたのが、はるか昔のように思えた。優しいタッチに興奮し、彼の抱擁に身を任せたものだった。今も胸の先が硬くなり、体が火照った。レアンドロに対する自分の弱さが腹立たしい。最初の妻の裏切りで彼の行動の説明はつくが、それでも許す気にはなれない。

　部屋が暗くなってきた。冬は日が短く、日差しはすぐに消える。マーニーは急に寒さを覚え、立ち上がってストーブに薪を足しに行

「わかっているのよ、レアンドロ。わたしをフィレンツェに連れていったのは、わたしを籠絡して、結婚話が本物だと信じこませるためでしょう。実際は、子どもに対する法的な権利を得るために、わたしをだまさなければならなかった」

レアンドロは立ち上がり、マーニーに歩み寄った。マーニーが身をこわばらせ、子どもを守ろうとするかのようにおなかに手を添えるのを見て、顔をしかめた。

「そんなふうに見えたかもしれないが――」

またマーニーは彼の言葉を遮った。「本当にそうだったんでしょう。わたしが記憶喪失になったと聞いて、チャンスだと思ったのね。

った。窓から、海の上にのぼった大きな黄色い月が見えた。

「どうしてパリに行くのはヘンリーに会うためだと言ってくれなかったの？」

「ぼくたちは、個人的なことを話すような間柄じゃなかっただろう」

マーニーは苦笑した。「つまり、わたしはあなたの愛人で、愛人に求めるのは体の関係だけだということね。わたしのことを考えるのは、ベッドの中だけだったわけね」

「そうじゃない。フィレンツェでは――」

「フィレンツェは別の話よ」

マーニーはくるりと振り向いて、レアンドロをにらみつけた。

ずっと記憶が戻らなければいいと思っていた。そうでしょう？　フィレンツェでは優しい婚約者のふりをしてわたしを夢中にさせ、あなたのひどい行為を思い出したとしても、許す気になるよう仕向けた」

レアンドロの頬が、かすかに赤く染まった。マーニーがこんな冷たい口調で話すのを、彼は聞いたことがなかった。彼女が怒るのも無理はないとわかってはいても、これほど激しいとは思わなかった。許してもらえるかもしれないと期待していたなんて、傲慢にもほどがある。レアンドロは自嘲した。

「確かに最初はきみの言うとおりだった。きみのおなかの中にいるのがぼくの子どもだと証明されていたし、きみと結婚するつもりだった。ところが、フィレンツェですべてが変わった」

「フィレンツェでわたしに恋をしたとか言って、侮辱しないでよ」

その声はそれまでのマーニーとは違う、新しいマーニーのものだった。ぼくのせいだ。ぼくのせいで、こうなってしまったのだ。罪悪感を覚えながらレアンドロは言った。「フィレンツェで、ぼくたちは友だちになったんじゃないか？」

「友だちだったら、嘘をついたり、自分のやり方を押しつけたりしない。あなたはわたしがＮＡＳＡの実習訓練プログラムに招待されていたことも教えてくれなかった。わたしが子どもを連れてアメリカに行くことに、反対だったからよ。天文学者になるのがわたしの夢だと知っていたのに」

辛辣な言葉を浴びせられて当然だが、レアンドロは思っていた以上に傷ついた。マーニーの口調は、ノーフォーク州の海岸に吹きつける冬の風のように冷たかった。

「赤ん坊にとって、それがいちばんだと思ったんだ。母は仕事を優先してぼくを捨てた。自分が感じた寂しさを子どもに味わわせたくなかった」

マーニーは険しい目をして応酬した。「わたしは子どもを絶対に捨てたりしない。いかなる理由があろうと。妊娠しているとわかった瞬間から、しばらく仕事の夢は棚上げにしなければならないと納得していたわ。あなたのしたことは、すべて自分のため。愚かな行為を、赤ちゃんのせいにしないで。あなたが今ここにいるのは、自分の望みを通すためよ。わたしのためを思うなら、今すぐ消えて。わたしを放っておいて」

呼吸が乱れ、動悸がした。そしてレアンドロの驚いた顔を見ているうちに、マーニーは泣きたくなった。彼に胸の内を思いきりぶつけたら、さぞかし気分がいいだろうと思っていた。だがレアンドロの顔は真っ白になり、目からは生気が消えている。彼は弱々しくなんかない、傷ついたようには見えない、とマーニーは必死に自分に言い聞かせた。母親に愛されずに育った少年として、レアンドロのことを考えるのはいやだった。六歳まで自分の息子として育てた少年が、本当の父親と一緒にオーストラリアに行くことになり、別れを告げなければならなかったと考えるのも。

「すまなかった」

長い沈黙のあとで、レアンドロはようやく言った。割れたガラスをのみこんだような、耳障りな声だった。マーニーと同じく、彼もまた涙をこらえているかのように、まばたきをした。

「何もかも、悪かったと思っている。きみを傷つけてしまった。言われたとおり、消えてしまえればいいと思う。それでも、こんな人里離れた場所にきみをたったひとりで置いていくわけにはいかない。けれど、ロンドンに連れて帰ると言っても、きみは拒否するだろう」

マーニーがうなずくのを見て、レアンドロは続けた。

「車から荷物を下ろしたら、夕食を作る。話をしたくないのなら、それもしかたがない。だがわかってほしい、きみがぼくを嫌う以上に、ぼくはぼく自身を嫌っている」

11

驚いたことに、その晩マーニーは、数週間ぶりにぐっすり眠れた。夕食をたっぷり食べたせいだろうと彼女は考えた。レアンドロは、意外なほど料理が上手だった。しかし心の奥底では、穏やかな眠りは、二階の寝室にレアンドロがいるとわかっていたせいだと承知していた。

妊娠して太ったせいで、マーニーは狭い階段をのぼって二階に行くのが困難になっていた。レアンドロは寝室の窮屈なベッドに横たわっている。寝る前に低い天井の梁に頭をぶつけて痛い思いをしたことを、マーニーは知らなかった。

だが、レアンドロはマーニーに言われたことを思い出し、頭よりも胸の中にひどい痛みを感じていた。彼は仕事で失敗したことがない。なのに今、やり直すチャンスをくれるようマーニーを説得することに関しては、失敗しそうな予感がした。

「あなたがこんなに料理上手だとは知らなかったわ」

二日後、レアンドロが夕食に作ったタイ・

カレーを食べ終わったとき、マーニーはそう言って彼の腕をたたえた。

「ロンドンでは家政婦が食事の用意をしてくれるし、ヴィラ・コリーナには腕のいいシェフがいるから、料理をする必要はない。けれど、ニューヨークに住んでいたころ、父親が雇っていたシェフに料理を習ったんだ。料理ができると何かと便利だろう？　特に、いちばん近い店が何キロも離れているような場所に住んでいる場合には」レアンドロは、それとなくこの家の立地を批判するような口ぶりで言った。

レアンドロは赤ワインを飲み、マーニーがほほ笑むのを見て、ゆっくりと息を吐き出した。二日前の激しい口論以降、ふたりのあいだの緊迫した雰囲気はずいぶんとやわらいでいた。

「どこの店からも何キロも離れているのが、この家のいいところよ。裏庭が広い浜辺だなんて、子どもを育てるのにこれ以上すばらしい環境はないでしょう」

今後の生活や、赤ん坊が生まれたあとの暮らしについて、マーニーが言及するのは初めてだった。レアンドロには彼なりの希望があったが、焦らず、ゆっくりとマーニーの心を取り戻さなければならないとわかっていた。

「ところで、きみはロンドンを離れたあと、どこにいたんだ？　一時は二度と見つからないかもしれないと思って焦ったよ」

「ブルガリアに行って、父とその奥さんと、ふたりの子どもたちのところにいたの」

レアンドロは驚いた顔をした。マーニーはテーブル越しに、彼を見ながら続けた。

「父と過ごせてよかったわ。わたしは父に会いたかったし、父は長いあいだ音信不通だったことを気に病んでいた。父はジェイクにも会いたがっているけれど、今どこにいるのか、わたしもわからないの」

ジェイクがレアンドロの家の金庫から宝石を盗み出したことを思い出し、マーニーは口を閉ざした。

「お兄さんは今、もともと計画していたとおり、スコットランドで管理人として働いているよ」

レアンドロの言葉に、マーニーは驚いた。それもつかの間、彼はさらに驚くようなことを言った。

「実を言うと、クリスマスは、ロンドンでジェイクと父と三人で過ごしたんだ。思ってもみないことだったけれどね」

「クリスマスをジェイクと……お父さまと祝ったの？」

「祝うというのはどうかな。そんな雰囲気じゃなかった。ジェイクが、イートン・スクエアの家にまた来たんだ。宝石を盗んだことを、きみに謝りたいと言ってね。彼が宝石を返したことは、もう話した。きみは家にいないし、ぼくは午後の二時に酔っ払っていた。そのころ、ぼくは毎日二十四時間、ずっと酔っていたんだ。きみにひどいことをしてしまい、耐えられなかった。ジェイクにもありのままを話した。彼に殴られてもしかたがないと思った。けれどジェイクはそんなことはせず、ぼくがひどい状態なのを見て取り、わざわざ父の電話番号を調べて連絡したんだ。ぼくが父に助けを求めるなんて、ありえないとは知らずに」

その後の成り行きが信じられないとばかりに、レアンドロはかぶりを振った。

「父がニューヨークから来たものだから、びっくりしたよ。そして父とジェイクはふたりで組んで、ぼくに自己憐憫に浸るのはやめろと言い、酒を取り上げた。父とは、その後の一週間のうちに、それまでの三十年間で交わした以上の会話をしたよ」

レアンドロは、今までで最高に奇妙なクリスマスのことを思い出した。ジェイクとは固い友情を結び、父親について多くのことを知った。

「父は、結局ずっと母を愛していたんだ。ぼくは、父が母のことを憎んでいると思っていたのに……。父は、母が劇団と一緒にツアーに出かけるのがいやだったそうだ。仕事に嫉妬していた。妻として、家にいてほしかったんだ。母が家を出たとき、父はやり直そうと言いたかったのに、プライドが許さなかった。それで父は、感情をすべて切り捨ててしまった。父にも、やはり感情はあったんだ。ただ、傷つくのが怖くて感情を人に見せられないようになってしまったんだ」

レアンドロは父との会話を思い起こした。

〝プライドとは、厄介なものだ。おまえの母親に、仕事か家庭かどちらかを選べなどと言わず、彼女の夢に協力してやるべきだった。プライドのせいで、やり直そうと言えなかった。いいか、愛のない人生はひどく寂しいものだぞ〟

父親は探るようにレアンドロを見て、さらに続けた。

〝わたしと同様、おまえもプライドが高い。だが大切なものがあるなら、プライドなどかなぐり捨てて、心の命じるままに動け〟

そして心の命じるままに、レアンドロはノーフォーク州までやってきた。何よりも欲しいと願っているものを、なんとしても手に入れるために。

レアンドロとは休戦状態だけれど、わたしが再び彼に恋することはない。ある朝、マーニーはベッドに座って、彼が持ってきてくれたお茶を飲みながらそう思った。

出産までマーニーの世話をすると言って彼

が海辺の家に居座ってから、八日がたってい
た。レアンドロは宣言どおり、マーニーの世
話をしていた。ひとりで料理と掃除をして、
彼女には指一本動かさせまいとした。
マーニーはいらだった。この二日ほど、な
ぜか部屋の掃除や整頓がしたくなり、居間の
家具の配置換えもしたかった。
〝出産予定日が近づくと、妊婦が我が家を整
えようとするのは自然なことよ。赤ちゃんの
頭が骨盤にはまっているから、理屈の上では、
いつ陣痛が始まってもおかしくないわ〟
前日の検診の際、助産師にそう言われた。
マーニーはその言葉を冷静に受け止めたが、
レアンドロは慌てたようだった。

「きみをロンドンに一緒に連れていければい
いんだが。すごく大事な打ち合わせがあって、
どうしても行かなければならないんだ」レア
ンドロは寝室に入ってきて言った。
「あと二日くらい大丈夫よ。明日には戻って
くるんでしょう」
「いや、予定を変更した。打ち合わせが終わ
り次第、今夜のうちに車で帰ってくるつもり
だ」レアンドロはいらだたしげにため息をつ
いた。「きみをひとりにするのは心配だ。助
産師は、いつ陣痛が始まるかわからないと言
ったんだろう？」
「初めての妊娠の場合は、生まれる一カ月前
に赤ちゃんの頭がはまることもあるんですっ

て。予定日はまだ二週間も先よ。背中が少し痛いし、ロンドンまで二時間も車の中に座っているには、わたしのおなかは大きすぎるわ」

「背中が痛いだって？　どうして今まで言わなかったんだ？」レアンドロは端整な顔を心配そうにゆがめ、ベッドに近寄った。「何かの予兆じゃないのか？」

「鯨みたいに大きな体になって、どんな姿勢をとっても寝心地が悪いからよ」

マーニーは、レアンドロの視線が上掛けの下の盛り上がったおなかのほうに動くのを感じた。美しいとは言いがたい体型を、あまり見てほしくなかった。この一週間で数回、マーニーは彼の視線を感じ、まだ体を求められている気がするときがあった。だが鏡に映った我が身を見て、想像が過ぎると自分に言い聞かせた。

マーニーはため息をつき、上掛けを首まで引き寄せ、豊かな胸を隠した。

「いいから仕事に出かけて。今夜慌てて帰ってくる必要はないわ」マーニーは言ったが、今日一日レアンドロがいないと思うと、なぜか泣きたくなった。

こんなに気分が不安定なのは、たぶんホルモンのせいだろう。

「必ず今夜のうちに帰ってくるよ」レアンドロはきっぱりと請け合った。

低く柔らかな声がマーニーの耳をくすぐった。彼の彫りの深い顔を見て、胸が高鳴る。久しぶりに仕事用のスーツを着たレアンドロはとても洗練された雰囲気で、男性としての魅力にあふれていた。

すてきなのは、声だけではなかった。彼の目はもはや冷たい灰色ではなく、穏やかな表情をたたえている。彼にじっと見つめられて、マーニーは息をのんだ。温かな息が感じられるほど、レアンドロが顔を寄せてきた。マーニーはキスをしてほしかった。けれど、期待して彼のほうに顔を向けたとき、心の中で、戒める声がした。

哀れな愚か者のようなまねはやめなさい。

レアンドロの誘惑にまたも屈するつもり？彼はあなたが欲しいんじゃない。子どもが欲しいのよ。マーニー、あなたは何ひとつ学習していない。

ぎりぎりのところで、マーニーは顔をそむけ、彼のキスを頬で受けた。レアンドロは小さくため息をつき、身を起こしてドアのほうへと歩いていった。

「あまり動いてはいけないよ、マーニー。なるべく早く帰ってくるから」

出かけないでと言いたい気持ちを抑え、マーニーは肩をすくめてみせた。「あなたの約束はたいして意味がないって、わかっているわ」

今レアンドロの目に浮かんだのは痛みじゃないわよね？　わざと彼を傷つけようとしたことで、マーニーは後ろめたさを感じた。この一週間ずっと、彼は優しくマーニーを気遣い、休戦状態を壊さないよう細心の注意を払っていた。だが、マーニーはそれ以上を求めていた。心の奥底で、わざとレアンドロを刺激し、怒らせたいと思っていた。腫れ物に触るような扱いはやめて、以前のように情熱的なキスをしてほしかった。

「ぼくの過去が過去だけに、疑われるのはしかたがない。いつか信用を取り戻せると願うばかりだよ。ぼくは変わった、もうきみを軽く扱ったりはしないとわかってもらうには、もっと努力しないといけないようだ」

マーニーが答える間もなく、レアンドロは部屋を出ていった。数分後、車の出る音が聞こえると、マーニーは涙をのみこんで枕に頭をあずけた。五分ほどしたら起きて、シャワーを浴びるつもりだった。

ぼんやりと目を覚ましたマーニーは、時計を見て驚いた。二時間も眠っていたらしい。レアンドロはそろそろロンドンに着くころだ。マーニーはベッドから脚を下ろし、立ち上がった。

その瞬間、腹部に痛みが走った。恐ろしい痙攣（けいれん）が全身に広がり、マーニーはベッド脇の棚をつかんで体を支えた。昨晩始まった背中の痛みは耐えがたいほどになっていて、マーニーはあえぐように息をした。

陣痛が始まったはずはない。まだ早すぎる。今までにも数回あった、ブラクストン・ヒックス収縮だろう。それにしても今回はひどい……ひどすぎる。

再び激しい痛みに襲われ、マーニーは悲鳴をあげた。同時に、脚のあいだが熱く濡れるのを感じた。マーニーは慌てて電話を手にした。レアンドロに言われ、地元の助産師の電話番号は短縮ダイヤルに登録してあった。二度目の呼び出し音で応答があり、マーニーは安堵と痛みの入り混じったあえぎ声をもらした。

「破水したのなら、救急車を呼ぶわね。十分でそちらに行きます。彼はいるの？　もうすぐ赤ちゃんが生まれるって、連絡しておいたほうがいいわ」助産師は冷静な口調で、てきぱきと言った。

レアンドロは高速道を飛ばしていたが、曲がるべき交差点を通り過ぎてしまい、悪態をついた。心は道路にないのだから、それも無理はない。ノーフォーク州の海辺の家にマーニーをひとり残してきたのが気になって、ロンドンでの仕事の打ち合わせのことなど考えられなかった。

〈ヴィアッリ・エンターテインメント〉によ

るシャフツベリー・アベニューにある劇場の買収は最終段階に進んでいたが、そんなことはどうでもよかった。マーニー以上に大事なものはない。なのになぜ、この大事な時期に、彼女をひとりにさせたのだろう。出産予定日まであと二週間だというのに。

そのときレアンドロは、自分が心配しているのは赤ん坊ではなくマーニーのことだと気づいた。三カ月間も必死に捜した末に、ようやく海辺の家でマーニーを見つけたとき、レアンドロは彼女の世話をすると約束した。にもかかわらず、丸一日彼女をひとりきりにするとは、いったいどういう了見だ？　またぼくは約束を破った。マーニーに信用してもらえないのも当然だ。

レアンドロは次の出口で高速道路を下り、サービスエリアに車を止めた。部下に電話をして、劇場の買収の件を任せることにした。それからノーフォーク州方面へ戻る高速道に向かって車を進めた。

一時間ほどしたとき、携帯電話が鳴った。画面にマーニーの名前が表示されている。通話ボタンを押すなり、彼女はいきなり話し始めた。

「破水したの。ついさっき助産師さんが来て、赤ちゃんがすぐにも生まれるって。病院に行く時間はないの」

マーニーは息をするのもつらそうだった。

震える声で続けた。

「レアンドロ……怖いわ」

なんてことだ！　動揺しているマーニーの声を聞いて、レアンドロはようやく目が覚めた。今まで頑固に認めまいとしてきたが、真実はひとつしかない。

「マーニー。何もかも大丈夫だと約束するよ。今、きみのところに戻る途中だ」

レアンドロは胸にナイフを突き立てられたかのような痛みを感じていた。もう二度とマーニーとの約束を破ったりしない。だが、たった今請け合ったものの、どうすれば何もかも大丈夫にできるのだろう？　マーニーは人里離れた家で、痛み止めも病院の医療設備もなしに、出産しようとしている。

怖いのも当然だ。レアンドロも怖かった。彼は困惑し、ひどい罪悪感に苛まれた。マーニーをひとりにしてはいけなかった。自分にとって彼女がどれほど大切な存在か、どうして今までわからなかったのだろう？

今にも赤ん坊が生まれようとしている。レアンドロにとってはマーニーが子どもよりも重要なのだと、彼女に納得してもらう時間はもはやない。

何もかもがあまりにも早く起こった。早すぎた。痛みと混乱で意識が朦朧としながら、マーニーは助産師の指示に気持ちを集中させようと努めた。

「また陣痛だわ」マーニーはかろうじて言い、波のように押し寄せる痛みに全身を震わせた。体が引き裂かれてしまいそうだ。

「うまくいっているわ、マーニー。もうすぐ生まれる」助産師が励ました。

しかしマーニーはほとんど聞いていなかった。陣痛の痛みに圧倒され、悲痛な叫びをあげた。その痛みが消えたかと思うと、次の陣痛が始まる。マーニーは息をするのも苦しかった。まるで溺れているようだ。

痛みと恐怖のあまり、またマーニーは悲鳴をあげた。かすれた動物のような声は、本当にわたしが発したの？

そのとき、窓の外から物音が聞こえた。車のエンジン音だ。レアンドロが帰ってきたのかも。ああ、そうであってほしい。わたしには彼が必要だ。

不意に、ロンドンへ出かけようとしているレアンドロに対して放った言葉を思い出し、マーニーは涙を流した。あのとき、わたしが彼に傷つけられたように、彼のことを傷つけたかった。でも、傷ついたのはわたし自身だった。さまざまなことがあったのに、マーニーはまだレアンドロを愛していた。彼を愛さなくなったことなど一度もなかったと、痛みにもだえながら、彼女は初めて認めた。

玄関に足を踏み入れるなり、血も凍るよう

なマーニーの悲鳴を聞いて、レアンドロは廊下で立ちすくんだ。

「マーニー！」

彼女の名を呼びながらレアンドロは寝室に飛びこみ、ベッド上のマーニーを見た。彼女は枕に寄りかかり、仰向けになって、またも悲痛な叫び声をあげた。

レアンドロはベッドの傍らに立っている助産師を見て言った。「マーニーが苦しんでいる。何かできないのか？　痛みをやわらげるようなことは？」

「痛み止めを使うには、もう遅いと思います。マーニーは頑張っています。出産に立ち会えてよかったですね」助産師は冷静に言った。

マーニーがうめいた。「また陣痛が来たわ。ああ！　耐えられない。レアンドロ、もうやめさせて」

出産を代わってやれるものなら、レアンドロはなんだってしただろう。彼はマーニーの手を握り、その指に唇を押し当てた。「痛くなったらぼくの手を握るんだ。ぼくはここにいるよ、マーニー。できるかぎり力になると約束する」

痛みがやわらぐことはなかったが、レアンドロがいると思うと、恐怖はやわらいだ。次の陣痛に襲われたとき、マーニーは彼の手を握りしめた。レアンドロがひんやりしたフランネルで汗を拭いてくれたのがうれしかった。

マーニーは陣痛に圧倒され、あえぎながら言った。「赤ちゃんが生まれるところを見たくないの?」

すぐさま彼は首を横に振り、じっとマーニーの目を見つめた。「ここにいると約束しただろう」

レアンドロは、マーニーの表情が変化するのを見た。胸を切り裂かれるような気持ちで、マーニーがうめき、自分たちの子どもを世の中に送り出そうとするさまを見守った。

永遠とも思える時間が過ぎて、マーニーが大きく息を吸いこんだかと思うと、ついに赤ん坊が産み落とされた。レアンドロにとって死ぬまで忘れられないようなうめき声とともに。

「おめでとう、かわいい女の子よ」助産師がマーニーに語りかけ、赤ん坊を抱き上げた。

そのときもまだ、レアンドロはマーニーを見つめていた。赤ん坊が甲高い泣き声をあげた瞬間、マーニーの顔から疲労の色が消え、喜びが満面に広がった。

「女の子なのね！　ああ、レアンドロ、わたしたちに娘ができたのよ」

疲れと感動に身を震わせながら、マーニーは両手を差し出した。助産師が白いショールに包まれた赤ん坊を、彼女の胸元にのせる。明るい色の髪の、小さな顔がのぞいていた。

「まあ、なんてかわいい子でしょう」マーニーはたちまち痛みを忘れ、娘に夢中になった。

レアンドロも思わず息をのみ、涙ながらに娘を見つめた。奇跡が起きたと思った。

「こんなにかわいいものを見たことがある？ この子は完璧だわ」マーニーはうっとりと赤ん坊を見ながらささやいた。

「ああ、本当に完璧だ」レアンドロは同意したが、その視線はマーニーに向けられていた。

今にも心臓が爆発しそうだった。

レアンドロはマーニーを抱きしめてキスし、すばらしいと称賛したかったが、なんとかこらえた。母親と子どもが絆を作る最初の瞬間を邪魔してはいけない――そう思ったからだ。疎外されている気分だったが、それもこれも自分のせいだと、暗い気持ちで考えた。

レアンドロの口調が何かおかしいと感じ、マーニーは彼を見た。窓辺に歩み寄り、がらんとした海辺を眺めている彼を見て、マーニーは唇を噛んだ。

「息子じゃなくて、がっかりしているの？」

「とんでもない」

レアンドロが振り向いてほほ笑んだ。だが、マーニーの目には、彼が心からは笑っていないように見えた。

「かわいい娘が生まれたのに、がっかりするわけがない。もう名前は考えたのか？」

「ステラというのはどうかしら」

今さら恥ずかしがるのはおかしい、とマー

ニーは思った。レアンドロには、出産時の取り乱した姿を見せている。けれど今、マーニーはレアンドロがひどく遠くにいるような気がしていた。近寄ってきて、キスをしてほしかった。でも、彼がそんなことをするはずがない。彼が欲しかったのは子どもであって、わたしではないのだから。

赤ん坊が身じろぎしたので、マーニーは慌ててまばたきをして涙を払った。わたしは母親になった。レアンドロとのあいだに何が起ころうと、この子のためにいちばんいいと思うことをしよう。彼女は固く心に誓った。

12

ステラが生まれてから二日後、ふたりはロンドンへ移った。マーニーはノーフォーク州の海辺の家が好きだったが、不便な場所にあるうえ、海岸地帯は頻繁に冬の嵐に襲われるため、イートン・スクエアのレアンドロの家のほうが赤ん坊のために安全だと判断した。

戻ったのは正解だった。家政婦のベティが赤ん坊の世話を焼き、レアンドロがマーニーの世話を焼いてくれた。彼は妊娠期間中と同じように、マーニーを気遣った。ステラが生まれた直後にふたりのあいだに感じられた奇妙な気まずさは消え、マーニーは、あれはわたしの想像の産物だったのかもしれないと思った。

その後の六週間で、ノーフォーク州での休戦状態は深い友情へと進化した。マーニーは、これはいいことだと思うようにした。娘の親権の問題を永遠に避けて通ることはできないからだ。

将来のことを考えないわけにはいかない。そしてマーニーは、レアンドロに対する自分の気持ちも無視できないと、三月初旬の晴れた日に考えていた。

マーニーはレアンドロと一緒に、ステラを乗せたベビーカーを押しながら、ハイド・パークを散歩した。黄色いラッパスイセンが咲いているのを見て、季節の変化を実感した。そろそろ、自分の人生について考えなければならない。

イートン・スクエアへ戻りながら、隣を歩くレアンドロを見やった。彼は黒いジーンズとシャツを着て、その上に茶色い革の上着を羽織っている。くつろいだ様子で、風になびく暗い色の髪が実にすてきだった。

マーニーは胃のあたりが興奮に震えるのを感じた。数日前、ステラの出産後六週間の健康診断を受けて、医師に避妊についてきかれた。マーニーは経口避妊薬の使用を再開することにした。主に、生理のたびに起きる偏頭痛を避けるためだった。今のような〝独身生活〟をしていれば、本来は避妊の必要などないと、マーニーは皮肉に考えた。

レアンドロとの関係は複雑になっていた。彼が再び結婚の話を持ち出すことはなかった。マーニーは、彼の都合による結婚を受け入れるつもりはなかったので、それでよかった。もちろん、愛人になるつもりもない。だから、レアンドロにベッドへ押し倒されて抱かれたいという思いは、頑として抑えなければならなかった。

レアンドロのあとから家に入りながら、マーニーは無意識のうちにため息をついていた。娘に授乳しているあいだ、自分に向けられている彼の視線には気づきもしなかった。

妊娠中のマーニーのことを美しいとレアンドロは思っていたが、出産後、彼女がまたたく間に妊娠前の体型に戻ったことに驚いていた。ジーンズとピンクのセーターを着ている彼女は、ほっそりして魅力的だった。長い金髪をポニーテールにまとめ、ほつれ髪がかわいらしい顔に何本か落ちかかっている。

体の奥のうずきは、冷たいシャワーを浴びればある程度抑えることができた。しかし心の痛みは消えることがなく、いかに自分が愚かだったかを思い知らされた。

レアンドロはマーニーが娘をベビーベッドに寝かせる様子を見ていた。彼の欲しいもののすべてがこの育児室にあった。

大切なものは相応の努力をしないと手にできない。まだレアンドロは、マーニーの許しを得るに足るほどのことはしていない気がしていた。

レアンドロは彼女のあとについて育児室を出た。「ちょっといいかな？　話がしたい」

そう言って、主寝室のドアを開けた。

マーニーは暗い気持ちになった。心地よい春の一日が、急に冷たく暗い冬の日に戻った気がした。レアンドロの口調は深刻だった。

そして彼と話し合わなければならないこと、お互いが娘の人生にどう関わっていくかということは、まさに深刻な問題だった。この六週間、マーニーはどこか夢見心地で過ごしてきたが、ついに現実を突きつけられ、幸福感が泡となって消えてしまいそうだった。

この家に戻ってから、マーニーはまだ、かつてレアンドロと一緒に使っていた寝室に入っていなかった。彼女の目は、何度もレアンドロと抱き合ったベッドに引きつけられた。不安それははるか昔の出来事のようだった。不安げに指をひねりながら見ていると、レアンドロはベッド脇の引き出しを開け、書類を取り出した。マーニーは、結婚前にサインを求められた婚姻前の合意書を思い出した。今、彼が差し出しているものは、ステラの親権に関する書類に違いない。

「興味があるんじゃないかと思ってね」

しかし、それらが自分の予想していた書類ではないと気づいて、マーニーは眉をひそめた。「カリフォルニアの賃貸物件に、どうしてわたしが興味を持つというの？」

マーニーは書類をめくった。贅沢なアパートメントや、鮮やかな青空を背景にしたプール付きの家の写真が並んでいた。

「NASAの実習訓練プログラムに参加するなら、住む場所が必要だろう」

レアンドロが近づいてきた。くつろいだ様子を装っているが、顎に力が入っている。

「実習訓練プログラムの責任者に連絡して、きみの事情を説明した。今年の九月から始まるプログラムに受け入れてくれるそうだ。そのころには、ステラは八カ月になっている。だからきみは――」

マーニーが口を挟んだ。「なんなの？　娘をイギリスに残していけと？　実習訓練プログラムに参加できるように尽力してくれた理由は、わかっているわ。妊娠がわかったとき、あなたは赤ん坊をお金で買おうとした。やっぱりステラの親権を手に入れようとしているのね」

マーニーは震えながら息を吐いた。この、胸を引き裂かれるような苦悩に比べたら、出産の痛みなどなんでもなかった。

彼女はこらえきれずに涙を流しながら、続けた。「よくそんなことができるものね、レアンドロ。あなたとは友だちになれたと思っていたのに、結局あなたは、わたしから赤ちゃんを取り上げようとしている」

マーニーは取り乱す前にレアンドロから離れようとしたが、ドアに向かって一歩踏み出したとたんに腕をつかまれ、彼のほうを向かされた。

「友だちだって？　ぼくだって、友だちになれたと思っていた。だが、きみから子どもを取り上げようとしていると思われるとは、まだ信頼を取り戻せていないようだな」レアンドロは、奇妙なほど感情を交えずに言った。

彼の険しい目を見て、マーニーは胸を締めつけられた。

「過去にぼくがしたことを考えれば、それもしかたがない。だが……」

レアンドロは、魂の底から出たようなため息をついて言葉を継いだ。

「きみひとりが、カリフォルニアに住むわけじゃない。三人で行こうと考えているんだ。きみとステラと、ぼくとで。きみが勉強をしているあいだ、ぼくがステラの面倒を見る」

「あなたは仕事があるでしょう？　カリフォルニアに移ったら、〈ヴィアッツリ・エンターテインメント〉のほうはどうするの？」マーニーは困惑してきいた。

「新しい最高経営責任者(CEO)に経営を任せようと思う。もちろん、すっかり手を引くわけではないが、基本的には、ぼくは主夫としてステラのそばにいる。きみは天文学者としての夢を追えばいい」

「だけど、〈ヴィアッツリ・エンターテインメント〉は、あなたにとってすべてでしょう」

マーニーは震える指で涙を拭いた。レアンドロの視線に何かを感じた。その視線にとらえられ、息苦しくなるほど鼓動が速くなる。ヘンリーが自分の息子ではないとわかったとき、レアンドロはどれほどショックを受けたことだろう。今のマーニーにはそれが理解できる気がした。

「ステラのために仕事から身を引いてもいいと思うだなんて、本当にあの子を愛しているのね」

「仕事などなげうってもいい。なんだってするよ……きみのためならね、マーニー」レアンドロはそっと言った。

マーニーはこれまでに経験がないほど無防備になった気がして、唇を噛んだ。「わからないわ……」

「きみには夢を追いかけてほしい。天文学と母親業、きみならどちらの面でもすばらしい活躍ができるはずだ。きみに幸せになってもらいたいんだ」

　レアンドロは大きく息を吸いこんで、胸の内で人生初の祈りをささげた。

「愛しているよ、マーニー。こんなに誰かを愛せるとは思わなかったほど、愛している」

　マーニーの目には疑いの色が浮かんでいる。彼女に信じてもらうには、もっと強く言わなければならないとレアンドロは思った。

「もちろん、ステラを愛している。けれど、ぼくにとって、きみはすべてだ。ぼくの世界、喜び、生涯の愛なんだ」

「レアンドロ?」マーニーは小声で言った。

　彼女はまだ信じていないようだ。レアンドロは心臓が止まりそうだった。何を言っても本気で彼女を愛していると信じてもらえないとしたら、どうすればいいんだ? 愛を拒絶されたらどうしよう? レアンドロは絶望的な気持ちになった。

「愛している(ティ・アーモ)」

　気持ちの深さを伝えるのに、言葉だけでは不充分なようだった。レアンドロはマーニーを両腕で抱き寄せた。視界がぼやけ、彼女の口を捜すのに一苦労した。涙がこみ上げ、喉の奥がひりひり痛む。

「信じてほしい、愛している。許してくれ。一度はぼくを愛してくれていたはずだ。もう一度愛してもらうために、残りの人生のすべてを賭けてもかまわない」彼は唇を重ね合わせながら、うめくように言った。

プライドを盾に、永遠に彼に心を閉ざしておくこともできる、とマーニーは考えた。あるいは勇気を出して心のままに行動すれば、夢はすべてかなうだろう、と。

マーニーは両手をレアンドロの頬に当てた。彼の目が涙に濡れているのを見て、胸を締めつけられた。これほど強い男性が自分のために泣いていると思うと、申し訳ない気持ちでいっぱいだった。

「最初からあなたを愛していた。そして愛が消えることはなかった。けっして愛してくれない男性を愛しているなんて哀れだと思ったこともあったけれど」マーニーは言った。

「きみを愛している。だが長いあいだ、きみを愛していると認めたくなかったんだ。だまして結婚しようとしたあと、きみはいなくなった。そのとき初めて、ぼくはきみという存在の大きさに気づいた。再会したとき、当然ながらきみは怒っていて、ぼくは永遠にきみを失ったかと思ったよ」

レアンドロはマーニーの涙を唇で拭き取り、それからゆっくりと甘いキスをした。彼のこの上なく優しいしぐさに、マーニーの最後の疑念は消え去り、二度と疑いを持つことはないと悟った。

「愛してくれないあなたを、恨んでいたわ。母は父のことを嘆き続けて一生を無駄にした。自分も母のようになるんじゃないかって怖かったの」

「二度ときみを泣かせないと約束するよ」レアンドロは優しい声で誓った。

だが次の瞬間、早くも彼は約束を破る羽目になった。ポケットから小さな箱を出し、マーニーに差し出したのだ。中には星形のダイヤモンドが輝く指輪が入っていた。

「あまり大げさじゃないし、きみのように美しいと思ったから、これを選んだ。ぼくと結婚し、ぼくを地球上でいちばん幸せな男にしてくれないか、マーニー?」

マーニーは涙に濡れた瞳でレアンドロを見つめた。そこには彼女への愛が輝いていた。

「ええ」喉がつまって声を出すのに苦労しながらも、マーニーはきっぱりと答えた。

レアンドロはマーニーに指輪をはめ、キスで涙を拭った。「もしできるなら、月と星をきみにプレゼントするよ」

「わたしが欲しいのはあなたとステラだけよ」マーニーは、幸福感で胸がいっぱいになった。

またもや、言葉だけでは不充分になった。レアンドロはマーニーを抱きしめ、情熱を込めてキスをした。それから震える手で彼女の服を脱がせ、自分も裸になった。

「ずっとこうしたかったんだ」レアンドロはつぶやきながらマーニーをベッドに横たえ、抱きしめた。彼の愛撫を受けて、マーニーは低くうめき声をもらし、張りつめた情熱のあかしを受け入れた。

レアンドロがマーニーの中に入ってきたとき、初めて抱き合ったときのような、驚くほど新鮮な感覚が全身に広がった。確かに新しいことだ、とマーニーは考えた。ふたりは体だけでなく、心でも抱き合っているのだから。マーニーは、この愛は生涯続くと確信していた。

エピローグ

カリフォルニアの青空に、太陽が輝いている。マーニーはそよ風に髪をなびかせ、オープンカーで高速道を走っていた。肌は金色に日焼けし、ステラを産んでから九カ月がたって、体は妊娠する前よりもほっそりしている。プールで熱心に泳いでいるおかげだろう。

レアンドロは家族のため、閑静な郊外に立派な屋敷を借りた。マーニーが実習訓練プログラムに参加しているNASA研究センター確かにレアンドロは熱心に父親業に取り組んでいたが、生来の経済的な才覚を働かせて、近くの葡萄園を買った。そしてジェイクに、畑とワイナリーの管理をさせている。

〝経営はジェイクに任せ、ぼくはワインを飲むという算段だ。葡萄園はいい投資になる。きみは実習訓練プログラムが終わったあと、研究センターで仕事を見つけられるだろうから、ぼくたちはずっとカリフォルニアに住むことになりそうだな〟

人生はこれ以上ないほど順調だと、マーニーは幸せを噛みしめながら、家を通り抜けてプールのある庭に出た。

「ステラは水遊びが大好きなのね」マーニーから、ほんの数キロしか離れていない。カリフォルニアに引っ越してきて二カ月近くが過ぎたが、週に三日、ステラの世話をレアンドロに任せて研究センターに通うというのが、マーニーの習慣になりつつあった。

〝出社して仕事をしたいとは思わない？〟

数日前、マーニーはレアンドロに尋ねた。ずっと在宅で父親業に専念するのに飽きたのではないかと思ったからだ。

レアンドロは、わざと真剣な表情を作って答えた。〝とんでもない。一日中、娘と日光浴をして、勉強が忙しくないときは妻とも過ごせる。会社に行きたいなんて、思うはずないだろう？〟

は、プールの浅い場所で、レアンドロに抱かれて水しぶきを上げている娘を見て、声をかけた。

レアンドロはステラを抱き上げ、鼻の頭にキスをしてからマーニーに託した。「しっかり抱いてくれよ。ウナギみたいに滑るから」

「ウナギよりずっとかわいいけれどね」

マーニーはいつものように、母性愛が胸にあふれるのを感じながら、金髪の赤ん坊をタオルでくるんだ。そしてふと、視線をレアンドロに移した。タオルで体を拭く彼を見るなり別の感情が胸に湧きだし、欲望に体が震えた。

妻の心を読んだのか、レアンドロは意地悪く目を輝かせながら、マーニーに歩み寄った。

「家族の中にふたりも美しい女性がいるなんて、幸運としか言いようがない。水泳の利点は、娘を疲れ果てさせてくれるところだ。ほら、ステラはきみの肩にもたれてもう眠ってしまった」

マーニーは注意深くステラをベビーカーに乗せ、日傘の位置を調整した。「一時間くらい、昼寝をしたほうがいいわ」

レアンドロに抱き寄せられ、マーニーは息をのんだ。彼の肌はすでに乾いていて、マーニーが彼の胸に顔を押しつけると、鼓動が速まるのがわかった。

「じゃあ、一時間はふたりだけになれるわけか。どうやって過ごしたらいい？」

「名案があるの」マーニーは爪先立って、彼の口元に唇を寄せた。

ゆっくりと甘いキスは、しだいに熱く性急になった。レアンドロはマーニーを抱き上げて寝椅子に横たえた。

「きみの提案は、ぼくと同じかな？」レアンドロはくぐもった声で言い、マーニーの服を脱がせ始めた。

マーニーの指には結婚指輪と婚約指輪がはまっている。そしてサファイアとダイヤモンドのエタニティリングが、陽光を受けてきらめいた。カリフォルニアに来る直前、恋人になって二年の記念日に、レアンドロがマーニーに贈ったものだ。そのときふたりはステラをマーニーのおばに預け、プラハでロマンティックな週末を過ごした。

レアンドロはしゃがんで妻の魅惑的な体を眺めた。下腹部が思ったとおりの反応を示し、彼はうめきながら水着を脱ぎ捨ててマーニーに覆いかぶさった。マーニーの笑みに、レアンドロは胸がいっぱいになった。

「ぼくの案は、きみを永遠に愛することだ」彼は、マーニーへの愛に目を輝かせながら言った。

「今すぐ実行に移して」マーニーは促した。

レアンドロはそのとおりにした。

ハーレクイン®

ハーレクイン・ロマンス　2017年5月刊（R-3242）

星屑のシンデレラ
2025年4月20日発行

著　者	シャンテル・ショー
訳　者	茅野久枝（ちの　ひさえ）
発行人	鈴木幸辰
発行所	株式会社ハーパーコリンズ・ジャパン 東京都千代田区大手町 1-5-1 電話 04-2951-2000（注文） 0570-008091（読者サービス係）
印刷・製本	大日本印刷株式会社 東京都新宿区市谷加賀町 1-1-1

ISBN978-4-596-72688-9 C0297

ハーレクイン・シリーズ 4月20日刊 発売中

ハーレクイン・ロマンス

愛の激しさを知る

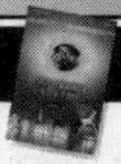

十年後の愛しい天使に捧ぐ	アニー・ウエスト／柚野木　菫 訳	R-3961
ウエイトレスの言えない秘密	キャロル・マリネッリ／上田なつき 訳	R-3962
星屑のシンデレラ《伝説の名作選》	シャンテル・ショー／茅野久枝 訳	R-3963
運命の甘美ないたずら《伝説の名作選》	ルーシー・モンロー／青海まこ 訳	R-3964

ハーレクイン・イマージュ

ピュアな思いに満たされる

代理母が授かった小さな命	エミリー・マッケイ／中野　恵 訳	I-2847
愛しい人の二つの顔《至福の名作選》	ミランダ・リー／片山真紀 訳	I-2848

ハーレクイン・マスターピース

世界に愛された作家たち
～永久不滅の銘作コレクション～

いばらの恋《ベティ・ニールズ・コレクション》	ベティ・ニールズ／深山　咲 訳	MP-116

ハーレクイン・プレゼンツ作家シリーズ別冊

魅惑のテーマが光る
極上セレクション

王子と間に合わせの妻《リン・グレアム・ベスト・セレクション》	リン・グレアム／朝戸まり 訳	PB-407

ハーレクイン・スペシャル・アンソロジー

小さな愛のドラマを花束にして…

春色のシンデレラ《スター作家傑作選》	ベティ・ニールズ 他／結城玲子 他 訳	HPA-69

文庫サイズ作品のご案内

◆ハーレクイン文庫……………毎月1日刊行
◆ハーレクインSP文庫…………毎月15日刊行
◆mirabooks………………毎月15日刊行

※文庫コーナーでお求めください。

4月25日発売　ハーレクイン・シリーズ 5月5日刊

ハーレクイン・ロマンス

愛の激しさを知る

大富豪の完璧な花嫁選び	アビー・グリーン／加納亜依 訳	R-3965
富豪と別れるまでの九カ月 **《純潔のシンデレラ》**	ジュリア・ジェイムズ／久保奈緒実 訳	R-3966
愛という名の足枷 **《伝説の名作選》**	アン・メイザー／深山　咲 訳	R-3967
秘書の報われぬ夢 **《伝説の名作選》**	キム・ローレンス／茅野久枝 訳	R-3968

ハーレクイン・イマージュ

ピュアな思いに満たされる

愛を宿したよるべなき聖母	エイミー・ラッタン／松島なお子 訳	I-2849
結婚代理人 **《至福の名作選》**	イザベル・ディックス／三好陽子 訳	I-2850

ハーレクイン・マスターピース

世界に愛された作家たち
～永久不滅の銘作コレクション～

伯爵家の呪い **《キャロル・モーティマー・コレクション》**	キャロル・モーティマー／水月　遙 訳	MP-117

ハーレクイン・ヒストリカル・スペシャル

華やかなりし時代へ誘う

小さな尼僧とバイキングの恋	ルーシー・モリス／高山　恵 訳	PHS-35
仮面舞踏会は公爵と	ジョアンナ・メイトランド／江田さだえ 訳	PHS-35

ハーレクイン・プレゼンツ作家シリーズ別冊

魅惑のテーマが光る
極上セレクション

捨てられた令嬢 **《ハーレクイン・ロマンス・タイムマシン》**	エッシー・サマーズ／堺谷ますみ 訳	PB-4

※予告なく発売日・刊行タイトルが変更になる場合がございます。ご了承ください。

今月のハーレクイン文庫

4月1日刊

珠玉の名作本棚

「情熱のシーク」
シャロン・ケンドリック

異国の老シークと、その子息と判明した放蕩富豪グザヴィエを会わせるのがローラの仕事。彼ははじめは反発するが、なぜか彼女と一緒なら異国へ行くと情熱的な瞳で言う。

（初版：R-2259）

「一夜のあやまち」
ケイ・ソープ

貧しさにめげず、4歳の息子を独りで育てるリアーン。だが経済的限界を感じ、意を決して息子の父親の大富豪ブリンを訪ねるが、彼はリアーンの顔さえ覚えておらず…。

（初版：R-896）

「この恋、揺れて…」
ダイアナ・パーマー

パーティで、親友の兄ニックに侮辱されたタビー。プレイボーイの彼は、わたしなんか気にもかけていない。ある日、探偵である彼に調査を依頼することになって…?

（初版：D-518）

「魅せられた伯爵」
ペニー・ジョーダン

目も眩むほどハンサムな男性アレクサンダーの高級車と衝突しそうになったモリー。彼は有名な伯爵だったが、その横柄さに反感を抱いたモリーは突然キスをされて——?

（初版：R-1492）